我是碳

我是碳

邱 林 著

张艺深
陆丽娜 插图

九州出版社 JIUZHOUPRESS | 全国百佳图书出版单位

目 录

一个名为“卡本”的二氧化碳

发现自我、找寻自我的故事

CARBON

天穹炸裂生卡本，身藏地球眠亿年

1 卡本的苏醒

卡本记得自己上一次沐浴在阳光里，还是三亿年前的事情……

那时的蕨类植物繁盛又茂密，但他们相对较矮的身材只能霸占整个森林的最底层，森林的顶层依然是高大乔木的空间。卡本惬意地生活在一棵至少有 40 米高的名字叫做银杏树的乔木里。这棵银杏树很高，树冠以上的天空没有任何植物遮挡。只是在一些风和日丽的时候，树尖上会有翼展将近一米的蜻蜓停留嬉戏。其他的时候，卡本都可以无忧无虑地享受那时温暖的阳光和湿润的空气。

卡本是谁？为什么要生活在大树里？又为什么沉睡了三亿年？

卡本是一个名字，是一个碳原子的名字。他的诞生和他整个家族的历史可以追溯到 137 亿年前的宇宙大爆炸。那次大爆炸之前，整个宇宙还是一个密度极高，体积却小得让人看不见的点。大爆炸使这个点在刹那间四分五裂开来。夸张一点说，

卡本的小贴士

怎么会有这么大的蜻蜓

在地球历史的远古时代，出现过许多巨型生物，它们是3亿年前古生代石炭纪的巨型节足动物，比恐龙的出现还早数百万年。如体长1米以上的蜉蝣、蝎子；腿长达50厘米、像吊篮大小的蜘蛛；近2米长的千足虫等。1979年，英国德比郡采矿场挖出一具巨型蜻蜓化石，它的翼展竟达1米。它们是地球曾存活过的最巨大昆虫，这些昆虫在约3亿年前兴盛并不断繁衍，在约5000万年后（二叠纪中期）从地球上绝迹。

据科学家推测，大气中的氧在这些物种的兴衰过程中扮演着重要角色。石炭纪大气中的氧浓度约35%，现在的氧浓度只有21%。许多节足动物都是透过分布全身组织的小气管直接获取氧气，而不是间接经由血液吸收氧气，高浓度的氧可能让这些巨型动物得以演化生存。不过也有其他的可能性，例如缺少掠食者等不确定的原因。

就好像最开始整个宇宙都被魔术师藏在他的黑色礼帽里面，这位魔术师突然在一瞬间把整个宇宙从礼帽里全都掏了出来。

大爆炸使那时的宇宙处在上万亿度的高温中，温度是现在太阳核心温度的数十倍。在这样的高温环境下，宇宙间形成了夸克和胶子这两种物质。这两种物质在宇宙降温的过程中相互作用形成了质子、中子和原子核。后者又捕捉到了宇宙中的电子形成了最初的氢和氦，也就是卡本的曾、曾……曾祖父们。

这看上去相当复杂的卡本祖先诞生的过程，其实都是在魔术师掏空帽子后几秒钟之内完成的。而真正的卡本却是在那之后的 10 亿年内诞生的，那时每三个氦的原子核相互吸引组合在一起，就变成了一个碳原子，这也就是最初的卡本。那时有无数个和卡本一样的碳飘荡在浩瀚的宇宙空间中无家可归。

后来，银河系里大量的星云物质收缩成碎片，碎片中的尘粒又聚集到一起而不断壮大。在大约 46 亿年前，某些碎片汇聚成了地球。地球诞生后，卡本很幸运地和众多兄弟姐妹们一起被派到地球上来完成使命。

刚刚来到地球的时候，卡本还只能生活在地球炙热的内部——几千公里深的地幔之中。而其他的一些兄弟姐妹们早已在地球上大展身手了。卡本一直在几千度高温的地幔中等了几十亿年，一直等到三亿年前的一次火山喷发。那次喷发把卡本以二氧化碳的形式从地球内部释放了出来。跑出来的卡本发现地球已经不是46亿年前的那个样子了。原先被氢气、氨气、甲烷霸占的大气层中，现在已经有了二氧化碳的一席之地。原来表面岩浆四溢如炼狱一般的地球现在却处处生机盎然。最重要的是，卡本的兄弟姐妹们，以碳的各种形式存在于地球上一切的生命或是非生命体中，无论是动物、植物、大气、土壤、岩石、河流，都有碳家族辛勤工作的影子。可以说，地球因为选择了碳而变得更精彩，碳也因为来到地球而展现了他们绝无仅有的价值。卡本从火山跑到大气中后不久，就通过光合作用进驻到了一棵银杏树里，从此便开始了他的工作与生活。但不知什么时候，一次山崩地裂的运动，不但埋葬了卡本，也埋葬了卡本的记忆。卡本一直昏睡着，直到此时……

此时震耳欲聋的爆炸声和机器的轰鸣声唤醒了沉睡三亿年的卡本。当处在半梦半醒之间的卡本，恢复了自己的意识后，才发现自己身处一个黑漆漆的空间内，没有阳光，没有空气，没有水，他甚至感受不到自己的存在。发生了什么？卡本还依稀记着自己在昏睡过去之前也听到过如此剧烈的爆炸声，不，应该是比刚刚听到的声音还要强烈上万倍的声音。在他挣扎着想要弄清楚这一切的时候，一个低沉的声音呼唤着他："你终于醒了。"

"你是？"卡本疑惑地问，并打量着周遭的环境。

"是我，是我把你埋藏在地下，又让你沉睡了三亿年。"

顺着声音的方向，卡本发现了正压在自己身子上的一种石头——砂岩。砂岩的样貌虽然没有完全让卡本明白他是谁，但至少帮助卡本找回了一些记忆。

"我昏过去之前看到的好像就是你，是你让我昏睡过去的！"

"是我，你记起来了？你已经睡了三亿年了。"砂岩呵呵一笑。

"你为什么要这样做？"卡本不解地问道。

"因为我在帮你完成你的使命啊。该不会……你已经把你是谁，你有什么样的任务都给忘记了吧？"砂岩所说的"任务"这个词还是没有开启卡本回忆的大门。

“我的使命？我都记不起我是谁了。难道我的使命就是睡觉吗？而且一睡就是三亿年？”卡本一边努力地回忆着，一边听着砂岩的讲话。这时，刚才唤醒他的那个震耳欲聋的机器声继续轰鸣着，而且声音离他们越来越近。

“看来可能是在我埋藏你的那一刻，不小心伤害了你的记忆，让我帮你回忆一下吧。”砂岩边说边向卡本靠近了一些。

“大概是在三亿年前的石炭纪，一次造山运动，我和许多石头们从山上滚了下来，撞倒了很多大树，其中就包括你所生活的大树。我们把这些树撞倒后埋藏了起来。”

还不容砂岩继续说下去，卡本打断了他的话：“你为什么要这么做！”这时卡本已经想起三亿年前他作为二氧化碳家族的一个成员进入到一棵银杏树里的工作与生活。

“我们来到了地球上不就是要帮助植物生长的吗？你为什么要把我埋起来？”卡本继续问着。

“哈哈……”砂岩笑了。“那是地球上只有低等生命时期的任务。现在地球上已经生活着具有高等智慧的生物。你们的

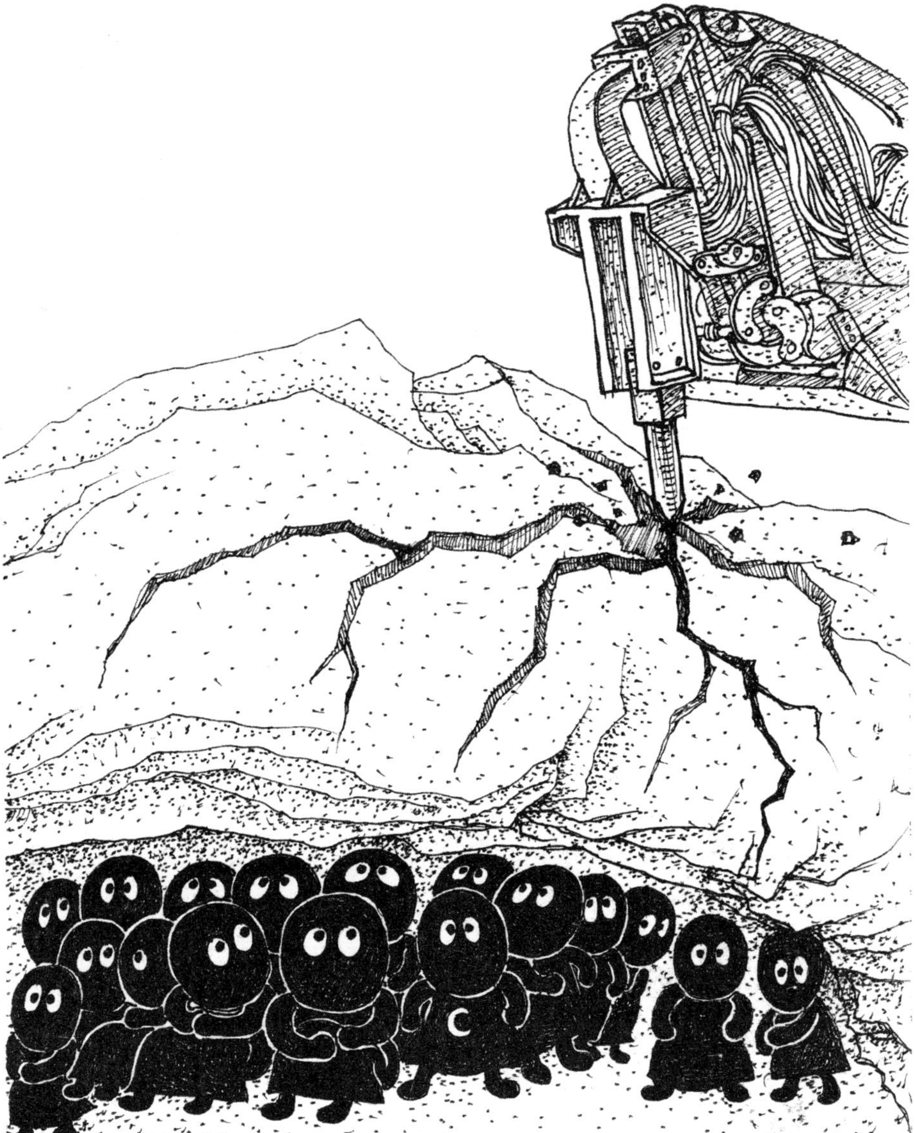

卡本的小贴士

煤

煤的发现和使用源于中国，从中国古代起它便是制墨的主要原料。有关煤的文字的记载，始见于《山海经》，说明最迟在战国时期，中国就已发现煤。开采煤矿及使用煤始于西汉，大规模开采与普遍用煤始于北宋末崇宁年间（1102—1106 年）。元代，意大利旅行家马可·波罗在我国看到以煤作然料，便在其《游记》中记道：中国“有一种黑石，采自山中，如同脉络，燃烧与薪无异，其火候且较薪为优，盖若夜燃火，次晨不息。”欧洲有关开采煤的记载，则始见于13世纪。

石油

中国也是世界上最早发现和利用石油的国家之一。东汉班固《汉书》、西晋张华《博物志》、北魏郦道元《水经注》、唐朝段成式《酉阳杂俎》中均有记载。宋朝沈括在《梦溪笔谈》中首次把它称为“石油”，用原油燃烧产生的煤烟制墨，并已预见石油的远大用途。

光合作用

绿色植物的光合作用能把无机物转变成有机物，直接或间接作为食物。绿色植物在同化二氧化碳过程中，把太阳光能转变为化学能，并蓄积在形成的有机化合物中。绿色植物在吸收二氧化碳的同时，也释放出大量氧气，可保持大气中氧气与二氧化碳含量大致平衡，满足生物呼吸和燃烧需要。

任务也包括要帮助现在这些高等生物生存。卡本，你们碳家族是地球上最活跃的元素之一，可以演化成不同形式，你看看你现在已经变成什么样子了？”

卡本看了看自己和周围的环境，这才发现自己曾经在大树里生活的家已经荡然无存，而自己却变成了黑漆漆、油亮亮的像砂岩一样坚硬的物体。看着卡本上下打量着自己，却找不到一点眉目，砂石补充说：

“你已经变成了一种能源的储存形式，和氢、氧等其他元素共同作用形成了——煤！”

说到“煤”字的时候，砂岩特意提高了嗓音，好让卡本记住这个新名字。

砂岩接着说：“因为地球早就知道会有一种叫做人类的高等生物出现，而且人类的存在和生活需要能量和能源，所以在三亿年前我奉命把你埋藏起来，经过时间的洗礼，温度和压力的作用，你所生活的大树就转化成煤了。你的很多其他碳家族的兄弟姐妹们和你一样，有的通过生物体沉积在过去的海底和湖底，同样经过时间、压力和温度的考验，现在已经变成天然气或者石油，无论哪一种都是能源的储存形式，都是要为现在人类的生活做贡献的。”

卡本渐渐地开始理解砂岩埋藏他的目的，但还是不明白能源的含义，问：

“能源有什么用处啊，况且我们被深藏在地下，怎么帮助人类生活啊。”

砂岩再一次笑道：“人类很聪明，也很有智慧，我猜那离我们越来越近的轰鸣声应该就是人类在寻找你们。人类找到你们后，你就会明白如何帮助人类，你们的用处是什么了。”

砂岩说话的同时，那个声音变得越来越大，震得卡本和砂岩都在发抖。

卡本继续问道：“难道给人类提供能源就是我唯一的使命吗？我们不再需要帮助植物进行光合作用了吗？”

砂岩笑着说：“当然没有那么简单了，你们不但要提供能量，还要在提供能量后再次变成二氧化碳回到大气中……”

砂岩刚说到这里，突然之间，一个挖煤机的触手伴着刺耳的钻探声，一下子分开了卡本和砂岩。

卡本被触手抓到了运煤的传送带上，与此同时，卡本还在急切地对砂岩大声呼喊着："提供能量后，接下来的任务是什么？"

"你自己会弄清楚的，但首先要回到大气中去……"

砂岩遥遥呼喊着，可是随着距离越来越远，卡本就再也听不到砂岩的声音了，也不知砂岩有没有接着说了些什么。

CARBON

将火视作重生道，临难志坚斩荆棘

2

再次飞翔

卡本与砂岩被挖煤机的触手分开后，卡本被送到了传送带上。又经过了一系列的洗煤、选煤、装煤、运煤的过程之后，卡本最终被送到了附近的一个发电厂。

从卡本和砂岩分离到被运到发电厂的整个过程都是在封闭的空间内进行的，卡本根本没有机会感受当下的阳光和空气与三亿年前有什么不同，但他冥冥之中察觉到地球上的一切都已经变化了不少。既然没有机会欣赏外面的世界，卡本就只好不停地琢磨砂岩最后所说的话，“你要在为人类提供能量后，到大气中完成其他任务”，这其他任务又是什么呢？卡本不停地问着自己。

到了发电厂后不久，卡本先是被粉碎成煤粉，但这个看似痛苦的过程对于卡本来说是无所谓的，卡本能以任何形式存在且永远不会消失，所以粉碎的过程就好似帮助卡本活络了筋骨。

之后，被磨成粉的卡本再一次躺到了传送带上，但这一次传送带的另一头等待他的不是运煤车，而是正在燃烧的熊熊大火。卡本在传送带上停留了不到一分钟，翻转的传送带就把他抛进了熊熊燃烧的火海。红色的火焰和炙热的温度让卡本兴奋起来，他激动地对着正在跳舞的火苗问道：

“你好，我是卡本，请问我来这里做什么？是给人类提供能量吗？”卡本的话音刚落，就发现他自己的身体开始变红、发烫。

火苗上下跳动着，左右旋转着，忽远忽近地回答道：“你认识砂岩吗？”

卡本惊讶中带着疑惑地问：“我认识。你怎么知道？”

“哈哈，凡是认识砂岩的煤，看见我都会有你这样的问题。”

火苗笑后接着说：

“是的，你是来提供能量的，我会帮助你把你的能量转化成热量。转化的热量将会用来加热水，把水变成高压水蒸气，水蒸气再推动汽轮机旋转，汽轮机的转子切割磁力线进行发电，唉，我说的太多了，你是理解不了的。总之，你就是献出能量来发电的。”

“那发电有什么用处？”卡本回想起三亿年前没有“发电”这个事情所以不解地问。

火苗答道：“我听说电的用处很大，人类已经离不开它了。”

卡本的小贴士

火力发电

它是利用煤、石油、天然气等燃料燃烧时产生的热能，通过发电动力装置转换成电能的一种发电方式，基本过程示意如下：燃料化学能→蒸汽热能→机械能→电能。火力发电一方面要消耗大量化石燃料（这种燃料在地球上的蕴藏量有限、越来越少并不可再生），另一方面化石燃料燃烧将排出二氧化碳和硫的氧化物，对空气产生一定污染，导致温室效应和酸雨产生。

化石燃料

也叫矿石燃料，是一种烃或烃衍生物的混合物，如煤炭、石油和天然气等天然资源，是不可再生资源。化石燃料的运用使工业大规模发展，生产出大量产品供人类使用。

对话间，卡本发现自己那黑黑亮亮、沉重的身体，几乎已经燃烧殆尽了。卡本觉得自己变得非常轻盈，轻盈得可以随心舞蹈。

火苗看着神采奕奕的卡本接着说道：“你已经奉献了你的能量，并且与氧结合在一起，变成二氧化碳，你现在可以自由地飞了。”

“我又要变回二氧化碳了，那我就又可以回到天空，回到大气中了！”卡本一想到又要变回三亿年前的自己就身不由己地兴奋地喊着。

“火苗，与砂岩分别之前，他告诉我要回到大气中完成其他的任务，你知道是什么吗？”说话间，卡本的身体正在逐渐上升。

“什么？砂岩这样说过吗？你之前来过的煤从来没有问过这样的问题啊。而且，据我所知，这里的二氧化碳是回不到大气中的。”火苗略有遗憾地回答着。

“为什么回不去？！”卡本听到火苗的话马上产生了一丝恐惧和不安，便慌恐地喊了起来。但还没等卡本的话音落下，他轻盈的身体已经又上升了一些，远离了那团炙热的火苗。突然间，又有一种无法抗争的强大推力作用起来，这股推力带着卡本在封闭的管道内高速地前进，转弯与徘徊。与此同时，无论火苗是否回答了卡本最后一个问题，卡本都不可能听见了。

在推力的作用下，卡本在漆黑的管道里又跌跌撞撞地奔跑了一会儿。渐渐地，一种气泡在水里爆开的声音离卡本越来越近。卡本正想仔细听一听，弄个究竟。突然，卡本被一下子推进了一个充满了液体的管道。此时的卡本正处在一个垂直管道的最下方，向上望去根本看不见尽头。

“欢迎来到二氧化碳捕捉与封存中心！”管道里的液体突然开始拍打着触手并热情地鞠躬，欢迎卡本的到来。

“我是氨水，是一种你们这些二氧化碳特别喜欢的液体，在这个 50 米高的管道里，我们将共同上升并逐渐结合起来，最后成为一体。为的是把你们与其他燃烧煤时产生的废气分离开。经过这个 50 米高的管道之后，我们会结合得非常牢固，并且共同游到下一个有着很高温度的管道里。在那里，高温会帮助把我们氨水从你们二氧化碳气体身上分离开来。这样，你们就成了最纯净的二氧化碳气体，没有一丝杂气。你们是不是很开心呢？我们氨水会再游回这里来迎接下一批燃煤产生的气体。”

卡本的小贴士

氨水与碳捕捉

氨水又叫阿摩尼亚水，是氨气的水溶液，无色透明，具有刺激性气味。在碳捕捉与封存技术领域，氨水可以用来吸收二氧化碳，氨与二氧化碳反应后，形成碳酸氢铵或碳铵。这一技术被称作“阿尔斯通冷氨二氧化碳捕集技术”，由总部位于法国的阿尔斯通公司研发出来。

超临界流体

这是处于临界温度和临界压力以上，介于气体和液体之间的一种流体，兼有气体和液体的双重属性和优点。在通常情况下，二氧化碳被封存到地下超过800米的深度就会从气体转变成超临界流体。

氨水自豪地介绍的同时，已经开始向卡本靠得越来越近。

“那然后呢？我们二氧化碳和你们分离之后呢？”卡本疑惑地问。

氨水绕着卡本巡游了一圈，看着卡本，好像是想弄明白为什么这个二氧化碳会有这样的问题。氨水有些不耐烦地回答：“这里是二氧化碳捕捉与封存中心，当然要把你们这些纯净的二氧化碳收集起来，然后储存到地下了。把你们注入地下 800 米以后，你们就变成超临界流体了，就像液体一样永远地被封存在地下！”说到最后几个字的时候，氨水的声音几乎变成了怒吼，试图告诉卡本不要再说废话了，你们知道了也没用，也没得选择。

听到氨水一吼，卡本愈加恐惧起来。一方面是因为卡本还想回到天空中好好看看三亿年的变化。另一方面是因为卡本还在想着砂岩对他所说的任务，除了要贡献能量，还要回到大气中。无论哪种原因，卡本都不想接受氨水所说的再次回到地下深眠的结果。卡本急切地对着身边不耐烦的氨水呐喊起来：“为什么要把我们封存地下，我要回到大气中，我还有任务要完成！”

氨水已经完全不管卡本说什么了。氨水用他那些强有力的触手把卡本紧紧包裹起来，并从管道的最底层向上升了 20 米。氨水可能感觉到卡本已经在他牢牢掌控之中了，于是带着略有些嘲笑的语气说：

“你为什么要出去，你已经完成你的使命了，在这个发电厂之外你没有任何任务，你必须回到地下。”

氨水说着“你为什么要出去”的同时，用一根触手向卡本指了指管道的最上方，让卡本明白那就是他所说的外面。卡本顺着那个方向望去，发现他已经可以看得清管道的最顶端了。管道的顶端不是全封闭的，其他所有的杂质气体和少量的二氧化碳会逃出氨水的俘虏，从那里逃离并进入大气中；而其他所有与氨水结合在一起的二氧化碳都会从这个管道的顶端转入另一个方向。卡本心里想那个另一个方向的管道应该是通向氨水所说的加热管。正当卡本看明白了这些管道的结构寻思着想办法逃出去的时候，氨水通过卡本着急的表情看出了他的心思：

“我知道你在打着小算盘。你想的不错，虽然我们氨水很强大，但我们还是只能捕捉到 90% 的二氧化碳，会有一部分逃逸。但今天你不是那些幸运儿，你已经被我牢牢抓住了，呵呵。”

此时卡本明白，与氨水讲再多的道理，他也不会理解卡本要冲回到大气中完成未完成任务的态度。

卡本只能靠自己，挣脱氨水的包围。卡本用尽全身的力气，苦苦地挣扎着；但是卡本越用力，就会被氨水抓得越紧。就这样在你推我夺的过程中，卡本和氨水又上升了 20 米，来到 40 米的高度，他们马上就要进入那个转弯的管道。

卡本知道如果一旦与氨水转弯进入另外一个管道，他一切的愿望就都结束了。卡本会被加热到与氨水分离，然后与其他二氧化碳一起被注入地下。一想到这里，卡本把他的愤怒、焦急、紧张、期盼等等复杂的心情都纠结成一种必须要挣脱的力量，他用这股力量与氨水进行着最后的搏斗。

可是在这场较量中，卡本没有占一点上风，还是被氨水抓得很紧。更紧迫的是，他们已经上升到近 50 米的高度了，马上就要进入那个转弯的管道，但此时处于极大劣势的卡本早已忘记了他该有的绝望。

突然，不知道什么时候从管道的最底部迅速涌上来一个巨大的二氧化碳气团。氨水和卡本同时看见了这个气团，氨水想拽着卡本躲到一边避开它。但是它实在是太大了，上升速度也很快，根本来不及躲闪，氨水和卡本一下子撞到了整个气团的中心。

那股冲击力远远大于氨水触手的抓力，受到撞击后，氨水趔趔趄趄地再也无法紧紧抓住卡本。卡本顺势摆脱氨水所有的触手，从他的怀里挣脱了出来。当氨水从短暂的震荡中苏醒过来，重新调整好平衡，想要再一次张牙舞爪地抓住卡本时，卡本早已经跑到了管道的最顶端，从 50 米深的氨水中一跃而起，飞入空中。

惊魂未定的卡本没有回头，一直向天上蹿着，想把这个企图封存他的发电厂甩得越远越好。当卡本觉得自己已经彻底摆脱了氨水的影子时，他在空中停了下来，花时间享受了一下幸运与成功带来的喜悦。比摆脱氨水更让卡本高兴的是，他又可以回到大气中完成砂岩所说的任务了。

卡本又向下看了看那个有些恐怖的发电厂，看到一块上面镶嵌着几个金属大字的醒目的大理石牌子："二氧化碳捕捉与封存重点示范项目"。虽然卡本还不懂人类的语言，不能明白牌子上面雕刻的横横竖竖组成的文字是什么意思，但他猜想那可能意味着他刚刚在这个发电厂里所经历的一切。

CARBON 降临人间得友助，共论万物古今变

3 了解人类的世界

自卡本从长达三亿年的睡眠中苏醒过来后，这是他第一次与空气有了亲密接触。他那颗无比好奇的心，促使他仔细而又贪婪地观察着周围的万物。

“经过了三亿年，好像变了很多。”卡本一边看一边寻思着。

“与那时我们的石炭纪相比，天空没有那么蓝那么透明了，大气中的二氧化碳好像少了一些，氧气也比三亿年前少了很多，取而代之的是大气中多了很多氮气朋友。空气也没有以前那么潮湿了，从前随处可见的沼泽和铺天盖地的绿色植物此时都变成了形状各异且巨大的摩天物体，灰色的地面比以前平整了很多。”

卡本猜想这一切变化可能都是为了砂岩所提到的人类，为了他们能有一个更舒适的生存环境吧。处在思考状态中的卡本突然发现地面上有很多用两只腿走来走去的五颜六色的生物。他们有时是两三个结成一群在行走，有时是一个在独来独往。可以说有时像星星一样密集，有时又像星星一样疏远。

“这种生物在三亿年前没有见过，难道这就是砂岩所说的可以统治所有生物的人类？”

卡本嘀咕着，为了看个究竟，卡本降低了高度，把自己置身在人群之中。他发现除了人类，还有一些其他形状很奇怪的物体会和人类走得很近，有方的，有长的，有扁的。但这些物体并不像三亿年前自由自在随意玩耍的两栖动物，他们只有和人类在一起的时候，或者说人类进入他们的身体后，他们才会运动起来，而且行动的速度比人类快很多，也更有规律些。这些物体在运动的同时还从尾部排出大量的和卡本一样的二氧化碳。

卡本在城市的街道上游走着，不知不觉来到了坐落在一个城市中心的花园广场。卡本在这个广场上看到了久违的植物的绿色和花朵鲜艳的彩色。卡本找回了一些三亿年前的感觉。他不知道接下来该去向何方，准备先停一停回味一下所看到的一切。正当卡本盘算着应该停在公园的哪一个角落时，一棵参天的古榕树召唤着他：

“来，要不要到树里歇一歇？”

卡本顺着呼唤声向那棵榕树飘过去，并不停地仔细打量这棵榕树。他足有 20 米高，直径也有一米多，枝繁叶茂，浓荫蔽天，几乎把整个花园广场都遮掩了起来。卡本明白这棵榕树让他到树里歇一歇的意思就是指光合作用。卡本微笑着对榕树说："你好，我是卡本。谢谢你，我也很想歇一歇。但我还有更重要的事情要做，我还有任务要完成，所以我要先回到大气层中去。"

榕树听到后略显惊讶地问道：

"哦，是吗？你和别的二氧化碳不太一样啊，他们都从大气中下来，想找一棵大树作为永久的家。但是你知道吗，我已经老了，新陈代谢也慢了，往往吸收不了那么多二氧化碳，刚才看到你又着急又迷惑的样子，所以就……"

听到这里，卡本打断了榕树的话，有些困惑地问：

"其他的二氧化碳为什么要从大气中下来，难道他们没有任务吗？"

"那你的任务又是什么呢？"榕树反问道。

榕树的发问让他无言以对，卡本带着略显沮丧的语气说：

"其实我也不清楚，我正在寻找我的任务。"

说完后，卡本把他自己的经历一五一十地告诉了榕树：三亿年前，他住在一棵大树里，一次地质运动掩埋了他还有其他不

卡本的小贴士

石炭纪

在1822年，石炭纪在英国就已经被看作是地球地质时代中的一个纪了。其名字来自于该时期在全世界各地形成的煤。石炭纪跨度为3.55亿年前—2.9亿年前，是地球地壳运动非常活跃的时期，因而古地理的面貌有极大变化。这个时期气候分异现象很明显，北方古大陆为温暖潮湿的聚煤区，南半球的古大陆却十分寒冷。气候分带导致了动、植物地理分区的形成。

氮气

氮气在常态下是一种无色无味气体，通常无毒。氮气占空气总量的78%，是当今地球大气中含量最多的气体，由于化学性质稳定而不容易发生化学反应。

榕树

榕树，大乔木，高可达15—25米，年龄可达上千年。全世界现有1000多种榕树，多集中在热带雨林地区，它是热带植物中最大的木本树种之一。

计其数的树木与植物，经过三亿年的储藏他变成了煤，苏醒后遇到了砂岩，砂岩告诉他要到大气中完成一个可以帮助人类的任务。但是在弄清楚是什么任务之前，他就被运到电厂发电，再与氨水做斗争，差一点被封存起来等等。榕树不仅听得津津有味，而且也想帮助卡本。但是对于砂岩所说的“任务”，榕树也是完全没有头绪，便自言自语着：“回到大气中完成任务，又可以帮助人类，嗯……”

过了一会儿，榕树对卡本说：

“关于砂岩所说的任务我不很清楚，但是我也许可以先帮助你了解这个人类统治的世界，因为我已经在这里生活600年了，我从人类那里学会了好多。卡本，你要是不了解人类，那你怎么帮助他们啊？”

卡本不好意思地说了声：“是啊。”

榕树微微笑了笑，然后便开始耐心地给卡本介绍他们周围的一切：匆匆忙忙的人群，滴滴作响的交通工具，纵横交错的马路，钢筋水泥的高楼大厦；人类怎样生活，为什么需要能源，为什么要发电；人类有什么发明，有哪些战争和革命，人类如何运行这个社会；这个世界上还有哪些动物和植物；人类和他们的关系如何，等等。榕树讲了很多很多，几乎把需要在人类社会生存生活应该掌握的所有信息都告诉了卡本。卡本听得如痴如醉。在佩服榕树知识渊博的同时，也不忘好奇地问：

“既然你也像我一样和人类无法沟通，你是怎么知道他们这么多事情的？”

榕树大笑道：“你这个问题问得很好啊。但你可别忘了，我已经在这里生活了600年啊。每天都有形形色色的人来我这里乘凉、避雨、谈情、聊天、下棋、看书、学习，甚至开会，还有很多时候是一个人对着我的树干倾诉。我就从他们那里了解了整个世界啊。现在是人类的公元2016年，我虽然一直在这一个地方沐浴着天光雨露，听得最多的是同一种语言，但经常也有其他国家的人和这里的人一起在树下相互学习各自的语言。我就仔细地听着，听着……600年的聆听帮助我掌握了世界上很多种语言。”

说着，榕树又把如何读懂和听懂人类语言的本领一并教给了卡本。卡本如饥似渴地学习着榕树传授给他的点点滴滴，也试图从这些知识里面找到他要完成什么任务的线索。他们就这样聊着聊着，不知过了多久，榕树暗示卡本向树的下面看。卡本此时才发现，一

个男孩正单膝下跪，把一枚戒指戴在站在他对面女孩的左手上，女孩不停地用攥着一束玫瑰花的右手的手背擦拭脸上止不住的泪水。戴上戒指后，他们拥抱在一起，男孩也高兴地流下了眼泪。然后，他们就手拉着手离开了老榕树。

“又成功了一对儿。”老榕树自言自语地说。

“这就是你刚才所讲的人类的求婚吗？”卡本好奇地问老榕树。

“哈哈，就是啊。我已经在这里见证了无数次人类的求婚了。有的人成功后还会在我的树干上刻上‘某某我爱你——某某’。不过现在刻字的越来越少了。”

卡本发现老榕树的树干上确实刻着很多大大小小的各国语言的文字。

“卡本，既然你也是碳。我想问问你，听说人类求婚时所用的那个钻石，就是属于你们碳家族的，和学生们用的铅笔芯一样。是这么回事吗？”

“终于我能为你讲点什么了。”卡本高兴地答道。

“不过我要先感谢你，让我知道了什么是钻石，什么是铅笔芯。其实钻石和铅笔芯都是碳家族的同素异形体，只是生成的环境不一样，碳原子的排列方式不一样。一个变成了最坚硬的钻石，一个变成了最软的石墨，也就是铅笔芯。听父辈们说，在宇宙中有的星球整个都是由钻石组成的啊！”

卡本说完后，老榕树轻声笑了起来，说：“其实我问你是想让你知道，这些年我看到的故事告诉我，铅笔芯的粗细可能决定不了一个人是否能写出好文章，可是求婚时给出的那颗钻石的大小就有可能决定一个人的一生啊！”

老榕树说完后，卡本也跟着笑了起来。

“三亿年前，没有人类的世界是什么样子？”榕树突然好奇地问卡本。

卡本其实也早就想和榕树分享一下三亿前的地球，于是说道：

“三亿年前……”

卡本正准备继续讲下去，突然发现一只蜻蜓从他的面前飞过，落在了榕树的一个叶尖上。卡本兴奋地对榕树喊道：

“你看，三亿年前我们也有蜻蜓，但体型要大很多，翅膀

卡本的小贴士

天气与气候

天气，是大气中发生的各种大气现象的简称，是在较短时间内特定地区的大气状况。天气现象是指某瞬时内大气中各种气象要素（如气压、气温、湿度等）和自然现象（如风、云、雨、雪、雾、霜、雷、雹等）空间分布的综合表现。气候是指某一地区多年的天气和大气活动的综合状况（平均值、方差、极值概率等），是地球上某一地区多年时段大气的一般状态 ，是该时段各种天气过程的综合表现。世界气象组织规定，30 年记录为得出气候特征的最短年限。我国古代以五日为候，三候为气，一年有二十四节气七十二候，各有气象、物候特征，合称为气候。

钻石星球

据报道，美国耶鲁大学的研究人员 2012 年发现首颗围绕类日恒星运行的钻石星球。这颗名为 55 Cancri e 的星球的主要组成部分是以石墨和钻石形式存在的碳元素。它的表面没有水或岩石，到处是闪闪发光的钻石，是一颗名副其实的钻石星球。它的大小是地球的两倍，重量是地球的 8 倍，绕恒星公转只需 18 个小时，也就是说，在这颗星球上“一年”只有 18 个小时。它的表面平均温度大约为 2148 摄氏度。这种高热高压环境使大量钻石得以形成，但生命无法在这里生存。

伸展后有一米宽，和现在的老鹰差不多大。”

看到蜻蜓后，激动的卡本又开始仔细寻找其他相似之处。

“蜘蛛，你看。你树枝间趴在网上的那个蜘蛛，三亿年前就有了，但是个头儿像现在足球那么大。三亿年前的世界有大片的森林、湖泊、沼泽和动物。那时候的几块大陆也没有像你说得这么遥远，大陆漂移活动使那时的大陆都聚集到一起形成一块超大陆。那时候我们的气候比现在要温暖湿润些……”

听到这里，榕树接着卡本的话问道：

“说到气候，最近几年来经常有人在树下谈论气候变化，有时候还摆放了很多五颜六色的展板向过路人介绍气候变化。他们说气候变化和你们二氧化碳有关。从我刚才提到的工业革命开始大气中的二氧化碳逐渐增加，从那时候大气中 280ppm 的二氧化碳，增加到今天大气中 400ppm 的二氧化碳，据说都是由于人类燃烧化石燃料引起的。由于你们二氧化碳和其他温室气体增多，引起什么全球变暖，又导致了什么极端天气，我也不是很明白，但好像人类正在想办法来减少你们呢。你们三亿年前有这种二氧化碳在大气中含量变化的情况吗？”

听榕树说到这里，卡本好像有一些明白为什么在发电站氨水想要把他封存起来。

“难道氨水是要帮助人类减缓气候变化吗？”卡本琢磨了一会儿后，对榕树说：

“可是三亿年前那时的石炭纪没有人类也没有工业，二氧化碳的含量也在变化。我记得三亿年前整个石炭纪的二氧化碳和气候、温度也确实都是不停变化的，从早石炭纪到晚石炭纪，二氧化碳的含量在不断降低，温度也下降了不少，难道说我们二氧化碳含量的多少真的可以改变温度吗？但是我不知道现在大气中二氧化碳含量的变化是否和人类的工业活动相关。如果有关，而且大气中的二氧化碳太多的话，那为什么砂岩还要让我回到大气中？我又该如何帮助人类呢？”

说到这里，卡本有些困惑，继续对榕树说：

“我现在不但没有越来越明白我的任务，反而遇到了越来越多的问题呢。”

榕树听到后也不知该如何安慰卡本。

“我已经在地球上生活了这么多年，深深体会到人类真的很聪明也很复杂，他们一边在不断改变环境，一边又在谴责自己的行为。关于人类的很多事情我也是越来越糊涂。可我只能永远固定生活在这一个地方，没有办法去了解整个世界。你就不一样了，你的能力很强大，你可以上天，也可以入地，还可以自由地到世界各地去旅行。你可以有更多的机会去弄清楚气候变化的前因后果。”

卡本听了榕树的一席话，心里开朗了一些，对榕树说：

“你说的对，要想弄明白这个事情我就需要到地球的各个角落去调查。”

“就是啊，你一定可以办到的。那你想好要去哪里了吗？”榕树问道。

“我想我应该到大气中去，看一看在那里究竟发生了什么，我想在那里我一定能找到一些答案的。”

榕树又继续鼓励地说：“我觉着这个主意不错，那还等什么，赶快出发吧。”

“好的！”得到智者的肯定，卡本也有了十足的信心。

卡本回答的同时，慢慢挥动着双臂飘了起来，准备向着榕树上方的天空飞去。

望着马上就要出发的卡本，榕树嘱咐道：

“如果你找到了答案，一定要回来告诉我啊。”

“一定的！”卡本坚定地回答榕树。

CARBON 大道通天云里觅，同仁不知境遇险

4 大气层里寻云碳

卡本朝着蔚蓝的天空，努力地爬升着。地面上那棵老榕树的一抹绿色在卡本的视野里变得越来越小，越来越淡，直到完全融化在钢筋水泥筑成的灰色大地里。卡本也不知道上升了多久，大概有几千米吧，已经听不到任何带有人类活动标记的声音了，甚至连风声都听不见。

他努力地观察周围，除了一朵孤零零的形状像是小山的云彩之外，就是无垠的天空和生活在这里的气体朋友们：氮气，氧气，氩气……虽然这些气体在人类的眼睛里是透明的，好像不存在一样，但是在卡本的眼睛里他们却实实在在地生活在大气中，忙碌的节奏比人类的生活还要快。看到这些气体朋友们，卡本突然意识到一个问题，他苏醒这么久却没有和他的同类，也就是二氧化碳交流过，也许只有其他的二氧化碳才能真正明白卡本来到大气中的任务是什么，才能回答卡本心中的疑惑。想到这里，卡本开始在大气中寻觅其他的二氧化碳朋友。

相对于其他气体来说，大气中的二氧化碳太少了，卡本常常不是被一群氮气遮住了视线，就是被氧气撞来撞去，要不就是与氩气擦肩而过。有时卡本看见了一个二氧化碳朋友，但是这个朋友运动得太快，“刷”地一下就从卡本的眼前消失了。

卡本花了很长时间也没找到一个能说上话的二氧化碳。刚才卡本看见的那朵像小山一样的云彩，不知什么时候变成了扇形，像一片银杏树的叶子。这个形状倒是让卡本感觉亲切，他决定先到云彩里避开拥挤的气体，休息一下后再继续寻找二氧化碳朋友。卡本来到了这块云彩里。云彩很湿润，但夹杂着一些黑色的粉尘。卡本在云彩里找了一个比较干净的角落坐了下来。

“嗨！”

卡本刚一坐下仿佛就听见有声音在叫他，可他起身四处张望并没有发现什么。

“难道是听错了？”卡本又回到了他刚才选择的那个角落。

“嗨！”“嗨！”

卡本又听见两声短促的呼叫。他这回确认没有听错。突然，从卡本头上的白色雾气中跳出了一个二氧化碳，蹦到了卡本的面前，得意地说：

“是我，朋友！”

卡本一看是一位二氧化碳朋友，又惊又喜。

“我正在找你呢！”卡本高兴地说。

卡本面前的这个二氧化碳反而从得意变得疑惑了起来，问：

“找我？为什么找我啊？”

“我有很多问题，想请教一下二氧化碳朋友，也许你能帮我解答啊，可是你太难找了。”卡本兴奋地回答着。

“当然难找了，大气中有 78% 是氮气，21% 是氧气，我们二氧化碳只有 0.04%。粗略地说，在 10000 个气体中，我们才有 4 个。今天碰到我，是你的运气好啊！”这个二氧化碳炫耀着他可以用数字精确地解释二氧化碳在大气中的稀少。

“我叫卡本，你叫什么啊？”卡本听到这个二氧化碳说话的方式这么有学者范儿，心想他一定知道很多。卡本有些高兴起来。

“你就叫我云碳吧，因为我是一个经常在云里玩耍的二氧化碳。你刚才说有问题要问，是什么问题啊？”

“是这样的……”卡本准备详细讲述他苏醒后所经历的一切。当他刚讲到砂岩对他说要回到大气中帮助人类完成任务，但他不清楚是什么任务时，云碳就打断了卡本的话，没有让卡本继续说下去。

“就这个问题啊，太简单了！我知道砂岩说的任务是什么啊。”

“那你快告诉我吧。”

听云碳这么一说，卡本便迫不及待地想从云碳口中得到答案。

“我就是在完成和你一样的任务啊！”云碳笑着回答，并开始卖起关子来。

“那你在完成什么任务？”卡本焦急地等着云碳接着往下说。

“这个任务很简单，但是道理也比较复杂，你要听我慢慢讲给你。”云碳说完后，开始在卡本的面前低着头，踱起步来。好像是要把卡本的注意力完全吸引到他的身上。

“有一种气体叫做温室气体。有一种作用叫做温室效应。大气中的水蒸气和我们二氧化碳、甲烷、氧化二氮，还有其他一些含碳的气体都被人类叫做温室气体。因为地球引力的作用，一切气体，或者简单地说我们温室气体，可以紧紧裹在地球表面。当太阳照射地球的时候，我们这些温室气体可以让太阳的短波紫外线毫无保留地通过我们，照射到地球表面进而给地球加热。但我们要把地球表面反射回来的红外线长波辐射保留起来，避免这些热量流失到外太空去。我们温室气体就是通过这种方式给地球保温。只有这样，地球表面的一切生物包括人类才可以生存。如果没有我们温室气体保护的话，现在地球温度将会是零下 15 度，地球将不是蓝色星球，而是一个白色雪球。生物是无法在一个雪球上生存的。所以我们在大气中的任务就是要维持地球的温度，用人类的话说就是温室效应。我相信砂岩告诉你的任务应该就是这个，况且我也正在执行这个任务。明白了吧！”

在听到云碳讲述这番道理之前，卡本从来不知道二氧化碳还有这样的本领。可以让太阳的紫外线从大气层中穿过照射大地，但同时又可以阻止反射的热量从地球逃逸。卡本在三亿年前从火山口一出来，就参与了光合作用进入了大树，还从没有认真地了解过这样的任务。听云碳这么一说，卡本突然觉得自己身为一个二氧化碳很伟大，很骄傲。但卡本又想到，刚才在茫茫大气中寻找一个二氧化碳朋友是那么艰难，就不免有些担心起来。

卡本问："我们这么少的二氧化碳就会起到这么大的作用吗？"

云碳大笑着说："看来没仔细听啊，卡本。我不是说了吗，能产生温室效应的不仅仅是我们二氧化碳，还有其他气体啊，作用最大的应该是水蒸气。我们现在身处的这片云彩，就是一团人类能看得见的水蒸气。水蒸气为温室效应做出的贡献至少有70%，其余的30%就由我们二氧化碳和其他温室气体贡献。在这30%中至少有80%是由我们贡献的。说实话，如果按照单个气体所能产生的温室效应能力来比较的话，我们二氧化碳的能力其实是最弱的，甲烷（CH4）也比我们强几十倍，氧化二氮比我们强上百倍，其他的那些什么氢氟碳化物啊又是我们的成千上万倍。"

说到这里，云碳降低了语调，好像略显自卑一样。但随后他又大笑着说：

"哈哈，但是我们的数量比其他温室气体多得多，所以除了水蒸气，就数我们二氧化碳对温室效应的贡献大了。但是，你知

道吗，水蒸气其实只能起到锦上添花的作用。正是因为现在地球的温度高，所以他们的贡献才大。如果有一天，地球的温度变得很低，大气中的水蒸气都会变成雨雪降到地表。到时候只能靠我们二氧化碳维护地球温度了。”

说到这儿，云碳把嗓门儿提高了一度，表现出有一种天上天下唯我独尊的气势。云碳一边讲着，一边挥舞着双臂。有时像人类指挥交通一样让紫外线顺利地从遥远的天空通过他的身体去往地面，有时又把从地面跳上来的红外线给拦了回去。

通过云碳的讲解，看着云碳亲自工作，卡本好像明白了二氧化碳在大气中的任务，也对砂岩所说的回到大气中要完成的任务是什么有了眉目。但是卡本还是有一种说不清的矛盾感，因为卡本的经历却使他产生了另外一个疑问：如果二氧化碳对地球和人类担负着这么重要的一个保护生命的使命，那为什么氨水在发电厂要帮助人类对二氧化碳进行捕捉与封存呢？他此时想问云碳一个究竟，但是他感到如果把发电厂的那一段故事讲给云碳听，那个对自己的工作毫无半点怀疑的云碳不但不会明白反而会更加糊涂。因此，卡本试着旁敲侧击地问：

“那你有没有发现在大气中我们二氧化碳的数量越来越多？我们多了以后，人类就不喜欢我们了？”

“当然了！”云碳迅速回答。

卡本听到云碳这么快速、肯定的回答，以为自己对云碳的判断出现了失误。

云碳接着说：“10 年前，每天我很少能遇到一个和我说话的二氧化碳朋友，但是今天我就已经遇到两个朋友了，你是第二个，所以我们当然比以前多。而且我们对人类和地球这么有帮助，当然是越多越好，人类怎么会不喜欢我们呢？”

听到这里，卡本明白了云碳刚才快速回答的那个“当然了”是什么意思，指的是二氧化碳的数量比以前多了，但是云碳并不清楚现在人类对二氧化碳的态度在发生转变，并已经采取了一些应对措施。略有些失望的卡本相信，即使继续揪着这个话题接着问云碳也是徒劳的。卡本心想：是不是应该去询问一下其他的二氧化碳？他开始对云碳提到的另外一个二氧化碳提起兴趣来。

“在我之前你见过的另外一个二氧化碳，他去哪里了？他也和你一样在完成温室效应的任务吗？”

“那个二氧化碳，他呀……”云碳犹豫且慨叹了一下，然后笑着轻声说。

“他脑子好像有些问题。我们还没聊多久，他就说大气已经没有他的用武之地，要赶着去海洋中实现自己的价值。我就不明白了，他不在大气中尽职尽责地保护地球的温度，干吗要到大海中去。我劝他，他也不听，没说几句就走了。”

说到这里，云碳上下打量着正在思考的卡本，然后问：

“你…… 和他不一样吧？你会留在大气中的，对吧？”

卡本听后，对云碳笑着说：

“我也非常希望可以荣幸地留在大气中保护人类和其他生物，可是我现在有很多问题不清楚。不瞒你说，一位在地球上生活了 600 多年的朋友告诉我，现在人类好像真的开始讨厌二氧化碳了。但我们都不知道为什么，我想先弄清楚到底发生了什么？”

“不喜欢我们？不会，不会啊！”云碳惊讶地望着卡本。虽然嘴上只说了两遍“不会”，但其实心里已经把卡本的话否定了

卡本的小贴士

温室效应

大气能使太阳短波辐射到达地面，但地表受热后向外放出的大量长波热辐射线却被大气吸收，这样就使地表与低层大气之间形成类似于栽培农作物的温室，故名温室效应，又称“花房效应”，是大气保温效应的俗称，由法国学者 Jean-Baptiste Joseph Fourier（1768－1830）于 1824 年首次提出。适当的温室效应是有好处的。现在全球年平均气温约为 15℃，如果没有二氧化碳，地表平均气温就会下降到零下 15℃。

人类自工业革命以来，不断向大气中排入二氧化碳等吸热性强的温室气体，温室效应也随之增强，引发一系列问题，并引起全世界各国关注。

一万次。

“我也不希望这样，所以我要先弄个明白。既然你遇到的那个二氧化碳可以在海洋中实现价值，我倒想知道是怎么回事，你能告诉我怎么去大海吗？”

云碳听了卡本的问话，沉默不作声了好一阵，然后很不情愿地说：

“希望你们俩不是脑子有问题。唉，你去吧，我也不劝你了。至于怎么去…… 最近几年，经常有狂风暴雨天气。”

云碳说着一把拉着卡本跳到了云层上面，然后仔细地寻找着什么。突然，云碳对卡本说：“你看远处的那一大片乌云。”

卡本顺着云碳指引的方向望了过去，确实发现了一大片比现在他们所处云彩要大上百倍的黑色云层。云碳用有些夸张的语气说：

“其实你看到的只是那个云的万分之一，等一会儿啊，他会变得很大很大。”

“这和大海有什么关系？”卡本不解地问。

“它可能会带你去大海啊。你藏到里面去，然后等狂风暴雨大作，很有可能就把你吹到海上去了。我有一次不小心，工作的时候走着走着就走到了里面。里面是天旋地转，什么都看不清，我只好闭上眼睛。等我再一睁开眼睛，才发现我已经到了大海上面了。但是……他也可能把你吹得离海越来越远，你可要想好了再做决定。”

云碳提醒着卡本，其实是希望他不要去碰那朵云，不要去大海，留下来和他一起在大气中工作。卡本听到后略有些犹豫地问:

“还有其他的方式可以去大海吗？”

云碳好像感到卡本会留下来的一丝希望，用有些高兴的语气说：

“怎么样，你怕了吧？”

“我是怕，我是怕它不能带我去大海。要是把我吹到别的地方可怎么办？”

“我可不知道其他方法了。”云碳摇着头说。

“那好吧，我就去试一试！”卡本坚定地回答。

“你要和我一起去大海那里弄个清楚吗？”

卡本虽然知道这个可能性很小，但还是试着邀请了云碳。

“呵呵，我还是在大气里保护地球吧……”

云碳还没说完，就一个跟头又扎回了他们脚下的那朵云彩。卡本已经看不到云碳的任何影子，知道他决心已定，就没有再喊他，而是朝着那一大片铅色的云层飘了过去。

CARBON 任重道远海上行，惊愕因己友受难

5 误会卡本的牡蛎

在卡本飘向那片黑压压的云层的同时，那片云层也在向卡本靠近。没用多久，卡本就已经被整块乌云完完全全地吞了进去。

起初，卡本还可以透过乌云看见一丝天空的蓝色；当卡本被乌云吞得很深，到了乌云中心的时候，周围暗得让卡本再一次连自己都看不清了，就好像卡本复苏时被紧紧地压在地下时所经历的黑暗一样。

卡本上下游动着试图在这个剧烈晃动的空间中寻找一个相对稳定的落脚点。就在这时，整个云层突然被一道闪电照亮，仿佛要燃烧起来。紧接着，风和雨水也露出了狰狞的面目，咆哮着卷动云层逆时针转动起来，而且速度越来越快。卡本在这个漩涡里面已经丧失了所有可以控制自己方向的能力，只感觉自己被动地一圈一圈旋绕着。同时，闪电还在不停地撕扯着乌云并发出震耳欲聋的喊声，雨水也发着淫威狠狠抽打在卡本的身上，仿佛要让卡本四分五裂，把他从二氧化碳转变成另外一种形式。此时卡本明白了为什么云碳那么畏惧这片乌云，不敢再来走一遭。卡本没有做任何无用的挣扎，只是抱紧了自己，默默地希望这一切都能快点结束，让他看见大海。渐渐地，加速旋转的气流让卡本眩晕了过去。

哗，哗……海浪声唤醒了飘在半空中失去意识的卡本。卡本缓慢地睁开了眼睛，面前碧蓝的汪洋大海让卡本顿时精神起来，他真有些喜出望外。卡本成功了，或者说是狂风和暴雨成功地把卡本甩到了千里之外的大海上，让卡本也体会了一次让云碳难忘的经历。

无论怎样，卡本感到十分幸运，他可以继续寻找他心里那些问题的答案了。哗哗的海浪声越来越大，卡本转过身发现了这声音的来源。原来卡本虽然来到了大海上，但他并没有离陆地很远，身后就是一片由大小不一、纵横交错的黑礁石组成的石滩。除了黑色的礁石外，这片石滩最醒目的就要算躺在礁石上和缝隙间、外壳十分粗糙的灰色牡蛎。看到牡蛎后，卡本快速地奔了过去，与其中一个牡蛎打起了招呼：

“你好，我是卡本。”

其中一个牡蛎看到了卡本，却带着抱怨的语气说：

“我不好，你来干什么啊。我说你们怎么就不能和大海好好相处呢，你们关系不好，我们都跟着遭殃啊。”

对牡蛎这突如其来的十分不友好的问候，卡本很惊讶，仿佛一下子被甩回到刚才所经历的狂风暴雨中。但从牡蛎的抱怨声中，卡本体会出一些事情，体会出二氧化碳至少不被牡蛎欢迎，二氧化碳和大海之间好像有什么事情正在发生。有些出乎意料但又想弄清楚来龙去脉的卡本，试探性地对那个牡蛎说：

“对不起，我不太明白你的意思。我不知道发生了什么，但我们二氧化碳是来保护地球及生活在上面的人类和生物，我们的存在怎么会影响到大海或者让你们遭殃呢？”

卡本说完后，旁边一个看上去年龄比较大的牡蛎对其他的同伴说：

“你们不要责怪每一个二氧化碳，其实他们其中有很多是不了解情况的。”

卡本感觉这个年长的牡蛎更善解其意，而又有着一副见多识广的样子，就转而与他攀谈起来：

“是的，我其实来到大海上就是想弄清楚我们二氧化碳和大海之间发生了什么。但又不知道该问谁，正好看见了你们，所以就过来请教了。不然的话，我就会一直生活在大气中去完成维护地球温度的任务了。”

那个年长的牡蛎听到后，一边叹气一边用有些无奈的口气说：

“也许你有所不知，你们二氧化碳和大海的关系是十分微妙的。”

“您能告诉我如何微妙吗？愿闻其详。”卡本好奇地问，并认真地等待着他的回答。

年长的牡蛎语重心长地说：

“要想弄清楚关系，我还是从现在地球上碳的仓库和你说吧。这个地球上一共有四个仓库储存着各种形式的碳，或者说你们碳家族同时工作在地球上四个不同的地方。这四个地方就是岩石圈、大气、海洋和生物圈；但是你知道吗，其中 99% 的碳都居住在岩石圈，他们形成了碳酸岩、页岩和化石燃料等等。如果不是人类的工业活动和生产生活需要燃烧煤、石油和天然气等化石燃料，这一部分的碳就会被永远储存在地表下面。简单地说啊，地球上本来有 99% 的碳，如果不是因为人类活动，是无法进入到其他

三个仓库进行循环的。碳循环，说的就是碳在其他三个仓库间的流动和交换工作岗位。”

讲到这里，年长的牡蛎停顿了一下，然后望着卡本说：

“卡本，你是从哪个仓库来的？”

“我吗？我是从……”

卡本打算从三亿年前讲起，但是他更渴望马上听到这位老牡蛎的讲解，便简短地回答道：

“我就是那岩石圈的一部分，曾经是煤，然后被送到电场发电，变成了二氧化碳。”

“呵呵，我就说嘛，如果不是人类把你挖掘了出来，你还在地下长眠呢。”年长的牡蛎苦笑道，然后又接着说：

“我们刚才说到其余的碳在另外的三个仓库中不停地交流。卡本我问问你，在剩下的三个仓库里，你知道哪个仓库的碳最多吗？”

正在认真聆听的卡本对这个突如其来的问题毫无准备，也不知道从哪里说起，就吞吞吐吐地说：

“剩下的三个仓库，有海洋、大气和生物圈，嗯……海洋里

卡本的小贴士

牡蛎

又叫生蚝，是海产贝壳，依附寄生。目前，气候变化以及海岸线人口增长对水质造成的影响对牡蛎的生长造成了威胁。有关研究人员表示，海洋的酸化对牡蛎的每个生长阶段都有影响，导致它们的生长速度减缓，贝壳也停止生长。

都是水，应该不会有很多碳吧；大气层那么大，倒是可以储存很多的二氧化碳、甲烷或者其他含碳的气体。我想应该是大气吧，大气中碳最多！”卡本对自己的分析很满意，便十分肯定地回答了他。

“卡本，你大错特错了。如果你作为碳家族的一分子连这个都不清楚，那怎么在地球上好好地做好你们的工作啊！”

年长的牡蛎说着说着好像有些生气了，但还是秉着一种教书育“碳”的态度继续讲了下去。

“这三个仓库中，碳最多的应该是海洋。这三个仓库中 90% 以上的碳都在海洋里，大气中的碳其实最少了，也就只有 2%—3%。你想想看，海洋中有那么多的动植物，像海藻啊，浮游生物啊，珊瑚啊，他们的生长就像陆地上的树木一样需要吸收二氧化碳并把他们储存在体内。还有像我们这些壳类的动物，我们外壳的骨骼发育也都需要大量的碳组成碳酸钙。另外，大海的海水还接纳了无数的二氧化碳，把他们溶解在海水中形成碳酸。所以，怎么可能是大气中最多呢？应该是海水中最多。”

听到这里，卡本有些无言以对。一是对自己的错误答案感到羞愧，二是还在惊讶“海水中碳最多”的这个事实。但一想到刚刚打招呼时另外一个牡蛎对他的抱怨，卡本还是忍不住要问：

“那听上去，好像是我们碳在大海里的工作很出色，在完成各种各样的任务，那我们和大海的关系相处的怎么就不好呢？”

年长的牡蛎听到后，语气变得沉重起来。

“是的，你说的对。海水中缺了你们碳是不行的。没有你们，我们都无法生长。可近些年，也不知道为什么，大气中的碳是越来越多，可是陆地上的植物在一天天变少，这样从大气中通过光合作用循环到生物圈的碳就少得可怜了。结果，大气中那些多出来的二氧化碳有三分之一都跑到海洋中来了。可是海洋中的碳早就已经饱和了，大海又赶不走你们，就通过一系列的反应，都把你们变成碳酸留在了海洋中。这下不要紧，由于你们的增多，海水变得比以前更酸了。你知道吗，卡本，在这么酸的海水里，我们壳类很难长出外壳来，我现在的外衣已经比以前薄了很多啊。所以，你们在海水中的数量既不能多也不能少，这种关系是不是很微妙啊？你们本来一直都相处得不错，可近些年越来越多碳来到大海里，似乎打破了往日的平衡与宁静啊。”

年长的牡蛎说着说着有些激动起来。卡本也被这位长者详尽的分析所折服，变得哑口无言不知该如何应答。他回想起云碳所说的另一个二氧化碳是主动要到大海中完成使命的，而不是被迫的。卡本感觉这里面一定有什么误会，便对年长的牡蛎说道：

“有没有可能那些二氧化碳并不知道大海里面的碳已经很多了，却还怀着帮助海洋生物生长的目的来到大海？他们只是不小心造成了这样的后果。你看我，在遇到你之前就不清楚你刚刚所讲的这一切啊。”

年长的牡蛎明白卡本说的道理，但又无法验证是非。就叹着气对卡本说：

“是啊，那你要想办法让你的朋友们都尽快地了解这个情况啊，不要再跑到海洋中来了。”

卡本真的想马上答应这个年长牡蛎的要求，但又完全不明白如何才能做到，便犹豫着说：

“我也很希望我的碳朋友们能够尽快明白，但我现在还不知道通过哪种方式才能达到这个目的。我觉得我首先要弄清楚这些大气中多出来的碳是从哪里来的，不然怎么才能说服这些二氧化碳，并告诉他们二氧化碳的数量已经影响平衡了呢？曾经有一棵古榕树跟我说，大气中突然增加的这些二氧化碳可能是由于人类的工业活动导致的，这个事情您了解吗？”

卡本问牡蛎，希望再从他那里得到更多的信息。年长的牡蛎也很赞同卡本的观点，点着头说：

“是啊，是该弄明白多出来的你们是从哪里来的，到底增加了多少。我想也许和人类有关吧，海上的轮船、天上的飞机都是越来越多。我听说在太平洋上有一个小岛，人类在那里建立观测站，专门观察大气中的二氧化碳已经几十年了，也许你可以从那里得到一些信息。你了解人类的文字和语言吗？”

年长的牡蛎给了卡本一些线索，但又产生了一些担心。卡本很自信地对牡蛎说：

“没问题，我已经从古榕树那里学会了如何读懂人类的语言。”

“那就好。”牡蛎放心了。然后他接着说：“你看见远处那个游轮了吗？”

卡本在老牡蛎话音落下的同时也发现在离海岸线大约 10 公

里的地方有一艘红色船体、白色船楼的游轮缓慢行驶着。牡蛎接着说：

“如果我没猜错的话，你可以跟随那个游轮到达那个小岛，但是之后怎么去观测站我就不清楚了。不过，我相信你一定会想出办法的。”

卡本听到牡蛎的指引后，感觉自己寻找答案的道路将会变得更加复杂，更加艰难。但此时的他又十分开心，因为他知道自己将要做的事情是很有意义的。

“好的，非常感谢你的指引。我很抱歉我们二氧化碳没有与大海保持好原有的关系，但我一定会把原因弄个水落石出的。”

说到这里，这位年长的牡蛎和身边那些起初对卡本有些敌意的牡蛎心里都多少产生了一些宽慰。年长的牡蛎说：

“现在我们也了解你们碳是无意而为的，没关系。赶快出发吧，希望你能早日帮助我们从这酸海中走出来。”

卡本得到了这些牡蛎的理解，心情也轻松了一些，答应道：“好的，我一定会弄个清楚的！”

说完，卡本就朝着那艘邮轮飞去。

CARBON

于世是非满天飞，乘风破浪辨真伪

6 与海洋科考船同行

告别了牡蛎，离开了黑礁石滩，飞了不一会儿，卡本就来到了牡蛎所指的游轮面前。游轮在海上缓慢行驶着，一群白色的海鸥跟在船尾，飞上飞下地在浪花中寻觅食物。

卡本先是绕着游轮观察了一圈，发现船头左侧用白色的油漆在红色的船体上写着“海科一号”几个醒目的大字。然后卡本又来到甲板上，对船的里里外外仔细研究起来。

通过船上形形色色的标志，卡本了解到，这其实不是一艘游轮，而是一艘最新型的科学考察船。这艘船长 100 米，宽 18 米，排水量 5000 吨。船舷上装配着大大小小的吊车和缆绳绞车。在科考船到达深海时，这套设备可以拖拽从船上抛下去的测深、海底摄像、岩石抓取等系统。船的内部有十几个实验室，包括化学实验室、生物实验室、地质实验室、水文实验室等。有了这些实验室，科学家可以对科考船从大海中采来的样品在第一时间内进行分析。船上工作的人员不是很多，一共 90 人左右。卡本通过他们衣服的颜色和胸前的名牌可以区分他们是科学家还是船员，每个人都在紧张、忙碌地工作着。

当卡本弄清楚整个船的布局之后，发现半个太阳已经藏在海平面之下了。海平面上剩下的那半个太阳，把天空照得火红，就连船尾也被照得仿佛要燃烧起来。卡本盯着这半个太阳一点点地消失在海平面下。

望着落日退去后灰蒙蒙的大海，听着船体在大海上驰骋时掀起海浪的声音，卡本有些感叹起最近发生的事情：沉睡了三亿年后突然醒来，发现自己转化成了煤，贡献了热量后又变回了二氧化碳；多亏砂岩告诉他有任务要完成，才有动力和勇气与氨水斗争到底，避免了被封存地下。逃离了发电厂后，他本来是想要弄清楚什么是他的任务，可是逐渐发现他要完成什么任务好像不是那么重要了，更重要的是他要弄清楚对于整个地球和人类，他们二氧化碳到底是不是一个不和谐的因素，或者说是不是地球和人类的累赘。

想到这里，卡本感觉有些不公平，下定决心一定要弄清楚这一切到底都是怎么回事。他自言自语地说：“三亿年的时间把一切都变了，天空和大地都不再是从前的模样，唯一没有改变的就是这片大海，还是那么纯粹的蓝。”

就这样，卡本在船上想着想着，一夜就过去了。第二天早上，天刚放了点儿亮，卡本就发现在船一侧遥远的海平面上有一点点山峰的痕迹。卡本猜想船可能开到了一片离陆地不是很遥远的海域。

卡本还在估算着离陆地的距离的时候，突然发现在船与陆地之间的大海中出现了一片白色的森林。卡本有些惊讶，因为他从没见过森林是白色的，况且是生长在离陆地很遥远的大海中间。卡本数了一下，这片森林大概由四五十棵白树组成，每两棵白树相距有几百米，每一棵树都长得一模一样。每一棵树除了靠近海水的底端部分有一节黄色外，其余部分通体雪白，足有 100 多米高。更令卡本惊讶的是，每一棵树上都只有三根 70 多米长的树枝，没有一片树叶。所有树枝都在朝一个方向旋转着。正当卡本望着白树陷入沉思的时候，有几个船员跑到甲板上来，扶着船舷的护栏喊道：

“快看，风力发电！”

这句话一下子让卡本回想起榕树说过的话。榕树曾经给卡本讲过现在人类是如何利用风力进行发电的。按照榕树所说，这些其实应该都是风力发电的铁塔和安装在上面的叶轮。不一会儿，又有几个科学家跑到甲板上来，一起欣赏这海上风力发电厂。其中一个科学家指着这一片“白色森林”对着其余的人说：

“这一片风力发电站是在上个月刚刚建成的。目前产生的电力足够满足六七千户人家的生活所需。现在清洁能源开发的力度真的是越来越大了。估计以后煤电厂都要被取代了，到那时，二氧化碳的排放也就会少很多了。”

“煤”“二氧化碳”这几个字一下子就吸引了卡本所有的注意力，让卡本更加仔细地听下去。

另一个人接着说：“是啊，我们家所在社区的每一栋房子的屋顶，现在都安装了太阳能板，我们都不用付电费了。夏天阳光充足的时候，太阳能板产生的用不完的电还可以传输回电网，电力公司还要付给我们钱呢。”

另一个人兴奋地接着说：“对，对，对，这就是我们经常听说的智能电网，等以后我也把我们家智能起来，赚点钱！”

说罢，这几个人开心地笑了，然后一边聊着一边走回了船舱。

卡本的小贴士

风力及风力发电

风，取之不尽，是一种清洁的可再生能源。风很早就被人们利用，如用风车来抽水、磨面等。全球可利用的风能比地球上可开发利用的水能总量大 10 倍。风力发电是把风的动能转为电能，对于缺水、缺燃料和交通不便的沿海岛屿、草原牧区、山区和高原地带非常适合。

太阳能及太阳能发电

太阳能的能源来自地球外部天体，是太阳中的氢原子核在超高温时聚变释放的巨大能量，照射在地球上大约 40 分钟的太阳能，足以供全球人类一年能量消费，并且是一种清洁的可再生能源。我们生活所需的煤炭、石油、天然气等化石燃料都是因为各种植物通过光合作用把太阳能转变成化学能在植物体内贮存下来后，再由埋在地下的动植物经过漫长的地质年代形成的。此外，水能、风能、波浪能、海流能等也都是由太阳能转换来的。

这段对话让卡本一下子学会了好多新的词汇：“太阳能板”“智能电网”等等。卡本虽然不知道他们具体是什么样子，但卡本可以猜到，这一定是人类发明的一种代替烧煤获取能源的方式。由于“白树”奇特的样子和刚才船上人们的对话抢走了卡本所有的注意力，卡本没有发现“白树”周围的空气有什么不同。当甲板再次恢复宁静的时候，卡本才注意到那每一棵“白树”的周围都聚集着好多的二氧化碳。他们围着“白树”从上到下一圈圈地旋转着，好像是在寻找什么。卡本一下子看到这么多二氧化碳朋友十分开心，就大喊起来：

“你们好！我是卡本，你们在那里做什么？”

那些“白树”周围的二氧化碳听见卡本的声音也呼喊着回答:

“太阳已经升起来了，这些大树应该马上就要睡醒进行光合作用，到时候就有我们的工作要做了，你在船上干什么，要不要一起来啊？”

听到这里，卡本明白了，这些二氧化碳朋友们也把这些风力发电机误认为“大树”，在等待着机会进行光合作用。可能他们还听不懂人类的语言，不然就会明白船上的人讲了些什么。

海科一号

“这些不是……”

卡本想告诉他们真相，但话刚说到一半就收了回去，内心犹豫起来：“如果我告诉他们这不是树，那他们会飞去哪里呢？去寻找真正的大树？可是现在陆地上的植物越来越少，已经有很多二氧化碳在那里为光合作用工作着，他们一定是无路可走才来这里试一试的；如果回到海洋中去，大海会把他们变成碳酸储存在海洋中，可是牡蛎已经无法忍受现在海中日益增多的二氧化碳。”

卡本有些糊涂，不知如何是好，该不该告诉这些二氧化碳朋友们？卡本思考了一会儿，最终下定了决心：也许最好的办法就是让他们暂且停留在那些“白树”周围。我要尽快找到关于这些问题的解决方法，然后再想出办法来帮助包括自己在内的迷失的二氧化碳。卡本对着那些二氧化碳呼喊道：

“我一定会找到答案的！”

那些“白树”周围的二氧化碳对卡本的回答有些匪夷所思，但也没有太在意，还在“白树”上全力寻找着可以进行光合作用的入口。

卡本所在的科考船已经驶离这片海上风电场，而且越来越远了。

接下来在船上的日子，卡本大部分时间都在船里船外不停地寻找任何可以帮助他解决那些问题的线索。科学家和船员们都在忙碌着从海中打捞岩石或者海水样品，再把它们迅速地送进不同的实验室进行分析。在这段时间，卡本从摆在科学家桌子上的那一张张图表学会了很多新知识，比如说什么是海水的酸碱度（pH 值）。

卡本了解到海水的 pH 值从 1750 年到现在，已由原来的 8.25 – 8.05 平均下降了 0.4-0.5。正如那个年长的牡蛎所说，这意味着海水变得“更酸了”，科学家们也因此担心这样的变化对海洋生物的生长产生了非常不利的影响。

不仅了解到海水的酸碱度，卡本还发现科考船会不时地停留在海上有“阿果浮标”的地方，检查这些浮标的工作情况。“阿果”是什么意思卡本并不知道，但是卡本了解到这些浮标可以每隔十几天就下潜到海平面以下 2000 米的深度，测量包括海水温度在内的很多有关海水的信息。几位科学家也经常为这些信息展开热烈的讨论，有时卡本就在一旁听着他们的争论。

从这些科学家的口中得知，一部分深海区域的海水的温度正在

卡本的小贴士

阿果浮标

阿果（Argo），是一个海洋观测系统的名称，可为气候、天气、海洋学及渔业研究提供实时海洋观测数据。

该观测系统由大量布放在全球海洋中小型、自由漂移的自动探测设备（Argo 剖面浮标）组成。大部分浮标在海面下 1000 米漂移（被称为停留深度），每隔 10 天下潜到 2000 米深度并上浮至海面，在这过程中进行海水温度和电导率等要素的测量，由此可计算获得海水盐度和密度。观测数据通过卫星传送给地面上的科研人员，并向所有人免费、无限制提供。Argo 的名字来源于希腊神话中勇士杰森（Jason）和阿格诺（Argonauts）寻找金色羊毛（Golden Fleece）时所乘的船。之所以选用该名字，意在强调 Argo 计划与杰森（Jason）卫星高度计的相互补充。

逐渐升高，因为海水在以过去一万年内从没有过的速度吸收着大气中的热量。科学家担心这些是由于温室效应所引发的全球变暖造成的。听着科学家们无休止的争论，卡本清醒地认识到到“温室效应”“温室气体”这些词在不同族群的眼里有着不同的含义，在云碳那些二氧化碳的眼里这两个词是伟大而又光荣的象征；可是在人类眼里，这两个词却意味着灾难。

当科学家们把话题从二氧化碳、气候变化转移到更深奥的海洋科学的时候，卡本听得云里雾里，失去了兴趣，便来到甲板上看风景。有时候会有数十条瓶鼻海豚在船体两侧的海水中进进出出，跟随着科考船一起前行，还时不时地发出一种平直的哨音，好像和科考船打着招呼。天气好的时候更会有数百条银色的飞鱼从海里一跃而起，沿着海平面低空飞行。但总是会有那么几条摸不清方向的飞鱼，撞在船体上，然后又落入水中，他们在水里快速地扭动几下后，又再次跃出水面，再次与大片粼粼波光融为一体。每当看到这些动物自由自在生活的时候，卡本也能乐在其中，并会暂时忘记他此行的目的，忘记他所有的问题和疑惑。但当科考船在暴风雨中艰难前行时，看到那些在船上工作时间不久的科学家被船摇晃得几乎把五脏六腑都吐出来的时候，卡本又立刻回到了现实中，而且更加坚定了自己寻找答案的信念。

卡本焦急地盼望着科考船能早日到达牡蛎说的那个岛，然后找到上面那个观测站，看看人类是如何测量温室气体的。

CARBON

是察变化一千年，唯有当今异凸显

7 二氧化碳观测站

卡本已经在船上度过了半个月的时间。

有一天，当卡本在船内游走，试图找寻新知识和信息的时候，他在一个科学家休息的船舱中，意外地发现了一件挂在床边的深蓝色防雨夹克，那件夹克的左胸前绣着几个字："冒纳罗亚观测站"。卡本看到"观测站"三个字时真是喜出望外，心里嘀咕着这会不会是老牡蛎所提到过的观测站？如果是的话，那这个夹克的主人会不会在观测站工作？如果是这样的话，他是不是可以跟随这个夹克的主人一起到那个观测站，去寻找更多的信息？

一想到这里，卡本决定停止一切他已经计划好的在科考船上的调查工作，因为他担心如果离开这个船舱和这件夹克后，一旦夹克被挪到其他地方，他就再也找不到它了，更找不到它的主人。所以卡本就在这个船舱里住了下来，眼睛一刻也没有离开过夹克，一直到这艘科考船三天后靠岸。

在船上最后的三天里，住在这个船舱的科学家无论是休息、工作，或是进出船舱，始终都没有碰过这件夹克。看到这种情景，卡本都已经开始感到绝望了。卡本就怕这是一件挂在这里谁都不会认领的夹克，那他先前的推断就完全成了泡影，他也不知道该如何找到观测站了。但是功夫不负有心人，卡本的等待是值得的。

三天后的一个清晨，太阳刚一升起就躲进了乌云里。科考船静悄悄地开进了一个港口。港口很大，有很多艘满载货物的轮船停靠在里面，岸上也都整齐地堆放着五颜六色的集装箱。由于时间很早，整个港口还没有热闹起来，那些负责搬运货物的吊架也都停留在空中。科考船上很多科学家和船员还在睡梦中，好像对船的靠岸毫不在乎。

卡本所住船舱的那位科学家，天没亮就起床了，在他那个只能容得下一张床和一个小桌子的船舱里收拾了一番后，就出去了。船靠岸后不久，科学家又回到了船舱，拾起那件卡本一直盯着的蓝色夹克，把它搭在了手臂上，另外一只手拉着他刚刚收拾好的行李箱就匆匆地走了出去。欣喜若狂的卡本一直跟在后面，心想这下有希望去观测站了。

这位科学家匆匆走出船舱后，沿着一个连接船和码头之间的吊桥，走出了科考船。卡本发现下船的只有这位科学家一人。这让卡本有些担心起来，这个港口肯定不是这艘科考船的终点站，船应该只是经停一下，然后继续出发。这个地方到底是不是有观测站的小岛？卡本随着科学家下船是不是一个明智之举？但此时他也不敢想那么多了，蓝色夹克是他唯一的希望，卡本祈祷幸运女神能站在他这一边。这位科学家下了船来到了陆地上之后，又转过身去和几位趴在船舷栏杆上向他挥手道别的船员大喊了一句：

“谢谢你们昨晚丰盛的晚餐和葡萄酒！”

然后这位科学家挥了挥手，就径直走到离码头不远的一个停车场。停车场那里已经有一辆四轮驱动的越野车点着了发动机在等着他。卡本紧紧地跟着科学家，他发现那辆越野车第一排两侧的车门上也都印有“冒纳罗亚观测站”的标志。不仅如此，越野车司机身穿的一件T恤上同样印有“冒纳罗亚观测站”的标志。卡本看到后，心里一下子就踏实了下来，因为他十分肯定这一定是到观测站的车，观测站就在这个岛上。

科学家坐上越野车后，车就出发了。科学家在车上和司机寒暄起来，相互问候这些天生活如何，就像是久违的老朋友再次相见。

卡本透过车窗仔细地观察着外面的世界。离开港口后，越野车先是在城市里宽阔的马路上行驶了一会儿，随着路变得越来越窄，车子已经开上一条只有两条车道的盘山路。车窗外的风景也从城市的热闹和喧哗，转变成了大自然的幽静和秀丽。

路两侧时而出现高大笔直的棕榈树和身形弯曲的椰子树，时而出现矮小茂密的热带灌木和颜色艳丽的奇花异草。透过这些植物的缝隙，卡本还可以看见远处蔚蓝的大海，只是海平面已经变得越来越低，车子正在向高海拔驶去。

车子大概开了一个多小时后，盘山路上已经没有任何其他车辆了，大海也已经被远远地甩在脚下。不知不觉间，窗外的世界已从温暖湿润的夏季转变成了干燥凉爽的秋季，曾经满眼的绿色已经被铺天盖地的有半人高的黄草取代，一群群长着红黑羽毛的雉鸡从黄草丛中飞进飞出。

卡本在车里看着窗外，被这鲜明的景色变化吸引着。可是没过多久，连唯一可以称作植物的黄草也消失了，取而代之的是一个分辨不出任何季节的黑色荒芜世界。乌黑、粗糙、形状各异的火山岩到处散落着；灰黑、大小不一的火山口看上去已经沉睡了很多年；黝黑、表面油亮、姿态扭曲的岩浆却好像刚刚凝固一样。山体被密实的黑色包裹着，对人类来说，车子好像已经开进了另外一个星球。但对卡本来说，这景色再熟悉不过了，因为他的诞生地就是一个活火山。这个大海中的岛是由火山喷发而形成，海拔高低的不同造成了不同的气候和不同的景观。

车子在砂石路上又开了一会儿，卡本发现已经来到了整个云层之上，远远望去只能看见厚实的云海。这时司机问科学家：

“你刚从海上回来，就急着来观测站，能马上适应缺氧的环境吗？”

科学家笑着答道：“我都已经习惯了，还有一些数据要马上处理，不着急也不行啊。”

他们的话音刚落，卡本发现前方的路面上用白色的油漆写着“海拔 3300 米”的字样。车子轧过海拔 3300 米的标识后，又开了五分钟才到达观测站。车停好后，由于外面的空气很冷，科学家穿上了那件深蓝色夹克，然后奔向他的办公室或者说是实验室了。卡本并没有跟着科学家进入室内，他觉得这个观测站很有意思，便开始在外面观察起这个观测站来。整个观测站都建在黑色火山一块较平整的区域，看上去远远高于下面白色的云海。火山的黑和云层的白，在阳光的照耀下形成鲜明的对比。观测站所占的面积并不很大，也没有什么大型的建筑，只由五六个小房子和四五个像是天文望远镜的银色圆顶观测塔组成。

科学家走进办公室后不久，一个戴着眼镜、穿着同样蓝色夹克的研究员从另外一个屋子里走了出来。他手拿着一个米黄色的有足球那么大、插着玻璃细管的圆球。他的后面还跟着一个拿着记事本准备随时记录的小伙子。他们走到了远处的一个空旷的平台上，戴眼镜的研究员举起了圆球并高过他的头顶，然后拧开上面玻璃吸管的阀门，同时那个小伙子拿着笔记录着什么。过了几分钟，这个研究员关闭了玻璃吸管的阀门，又把圆球抱到胸前，朝着他们刚才出来的那个屋子走了回去，边走边对旁边的小伙子说：

“冒纳罗亚观测站是世界上观测温室气体最好的地方之一，因为我们位于太平洋中心的小岛上，远离了那些城市密集分布的大陆，空气样品就不会因局部地区的影响有偏差；另外我们还在边界层之上，也就是云层之上，不受空气中的小颗粒、污

ppm
700
600
500
400
300
200
100

染物、水蒸气等物质的影响。正因如此，刚刚收集到这个球里的空气样品可以最真实地反映大气中平均温室气体的含量。1958 年，科学家们就在这里建造了观测站，从那时就开始观察大气中二氧化碳和其他温室气体的含量，现在我们每天要测量四五次。”

说着他们打开了门，走回了那个屋子。刚才这个研究员所说的一番话当然全部都是卡本最关心的话题。卡本也很兴奋地跟着他们进了屋。进屋后那个小伙子问研究员：

“那 1958 年之前大气中的二氧化碳是怎么得知的？”

研究员笑着答道：“你这个问题问的好。在那儿之前人们没有建立观测站，没有直接观察的数据；在那之前的二氧化碳含量，都是科学家通过南极的冰芯测量计算出来的。”

“冰芯？用冰芯怎么测量二氧化碳？”小伙子好奇地问。

“这些冰芯很有用处。冰芯的深浅代表着他们埋藏历史的远近，而且每一个时间段的冰芯包含着一些气泡，这些气泡蕴藏着大量当时大气成分和相关气候的信息。你看墙上的那个著名的‘曲棍’图。其中一部分数据就是根据冰芯里的气泡得出的。”

研究员说完，指向了墙上的一张图。小伙子听完后向着那张图

卡本的小贴士

春夏秋冬山

在有一定高度的山地，从山麓到山顶的垂直方向上会先后出现类似赤道到两极的气候变化，形成垂直气候带。这种气候的垂直变化还会影响土壤和植物的分布，从而形成自然带的垂直更迭。

冒纳罗亚

冒纳罗亚观测站是世界最高的天文台，设在夏威夷群岛冒纳开亚山的顶峰。冒纳开亚山海拔 4205 米，是夏威夷的最高峰。位于夏威夷群岛中部的冒纳罗亚火山，海拔 4170 米，从海底算起高约 9300 余米。其山顶常有白云缭绕，忽隐忽现。

南极冰芯

冰芯，是大块冰内部的较深处，很稀有；是深冰芯钻机在极地冰原或冰川地区打钻，钻头返回时，从中取出的冰芯。根据冰芯，可以获取冰龄资料，并根据各年冰层厚度确定相应历史年代的气候和降水量，以及相应年代的二氧化碳等大气化学成分含量。南极冰芯对于重建地球的历史演化以及预测全球气候和环境的演变意义重大。

走了过去，卡本也紧跟着向那张图飞了过去。研究员所说的图其实是一个有着横纵坐标的图表。横坐标是时间，从公元 1000 年到公元 2016 年，有 1000 多年的跨度，纵坐标是二氧化碳的含量。图表上的曲线显示从 公元 1000 年到 1800 年左右的 800 年时间里，全球的二氧化碳一直保持在 280ppm 的水平，平稳得就像是一个横躺着的长长的曲棍球干的干柄。在公元 1800 年到 2016 年短暂的 200 年内，二氧化碳从 280ppm 迅速增加到 400ppm。这个变化之迅速，就好像是从横躺着的曲棍球干的干柄突然拐到了干头上。卡本通过图表上的指示终于弄明白了老榕树曾经提到过的“ppm”是什么意思，它指的就是空气体积的百万分之一啊。在小伙子观察这个图表的同时，研究员已经把那个刚刚收集好的圆球里的气体转移到了一台机器上开始分析，并背对着那个年轻人说：

“你看，人类 1750 年开始工业革命，从那时起大量使用化石燃料，包括煤、石油等等，这些燃料被燃烧后都会产生大量的二氧化碳。人类的这一行为是不是与大气中二氧化碳的含量迅速上升非常吻合啊。所以，你说现在大气中日益增加的二氧化碳是不是人类所为？”

研究员一边笑着问这个年轻人，一边敲打着面前的键盘来操控机器对刚才获得的大气样品进行分析。年轻人盯着这张图，好像略有遗憾地说：

“嗯……从这张图我只能看到，大气中二氧化碳含量的增加是有人为的可能性，但无法排除其他因素啊。据我所知，几亿年前地球上的二氧化碳含量是现在的好多倍，那时候也没有人类活动啊。”

小伙子的这些话迅速在卡本这里得到了共鸣，因为卡本知道在三亿年前左右的石炭纪，大气中二氧化碳最多时候的含量是现在的三四倍，可是那时候人类还没有出现呢？小伙子的话让卡本觉得他好像是和卡本来自同一个地方、同一个年代。卡本非常赞同他，恨不得要用人类的方式上前拥抱他一下。研究员听了小伙子的话，微笑着说：

“你倒是很会辩证地看问题嘛，我很欣赏。但是人类工业活动是目前主流科学界找到的引起二氧化碳增多的唯一因素。你刚才提到几亿年前大气中二氧化碳很多，但也没有人类活动，这是不是从另一个角度说明，人类不适合生活在二氧化碳过多的环境中，那我们现在是不是更应该减排，控制二氧化碳的排放？”

被研究员这么有些诡辩地一问，年轻人哑口无言了，于是跟着笑了起来。卡本也觉着研究员是在狡辩，但也不是完全没有道理，想不出研究员的这番话有什么漏洞。研究员接着说：

“你再看看它旁边的另一个图表。”

年轻人向右走了几步，发现墙上还有另外一张图表。这张图表显示着两条有着共同上升趋势的曲线，一条线指示着从 1960 年到 2016 年大气中二氧化碳含量的上升，另一条线显示在相同时间段里，全球的平均温度上升了 0.8 摄氏度。 研究员放下手头的工作，转过来对年轻人说：

“我想听听你对这张图表的看法。”

“在过去的五十年里，全球的平均温度升高了近一摄氏度。二氧化碳在大气中的含量也在升高。所以，全球变暖有可能是因为二氧化碳含量的变化引起的。” 小伙子十分有把握地说。

研究员听到后，又笑了笑说：“你的阐释倒是很严谨啊。不过无论怎样，我们都应该把过多的二氧化碳封存起来，对不对？”

看到这些图表，听到这些对话，卡本突然有一种醍醐灌顶的感觉。卡本苏醒后遇到的那么多问题和困惑，现在好像终于有了些答案和解释。至少他现在明白了人类的工业活动、全球的平均气温，和大气中二氧化碳含量三者之间的关系。虽然人类还没有在这种表面联系背后的因果关系上达成共识，但最有可能造成大气中二氧化碳增多的原因是人类的工业活动，二氧化碳增多又是最有可能导致全球平均气温升高的原因。

想到这里，卡本有些害怕，又有一些愤愤不平。卡本害怕是因为他看到了二氧化碳与人类的关系日趋恶化；愤愤不平是因为在这日趋恶化的关系中，他们二氧化碳一直处在被动的地位，到现在还有好多二氧化碳朋友根本不知道地球上正因为他们的增多而发生着什么，还不知道为什么氨水要帮助人类把二氧化碳封存到地下，而这些二氧化碳还立志要在无数的岗位上尽职尽责地工作。

卡本越想越不明白。他问自己："难道人类真的就靠那几张图表就能把二氧化碳判定为罪魁祸首吗？就算二氧化碳真的造成了全球变暖，那又能怎样？温度升高还不到一摄氏度啊。从船上下来到观测站，外面的气温就已经变了一二十度，人类也没有什么不好的反应啊。”此时卡本真的想踱步而出，一头扎进那海拔三千米下的云海之中，从此去过自己的生活，不再理会人类对它们的误解。

可是他又一转念：如果他真的这么做了，就会永远不清楚为什么人类会如此讨厌二氧化碳而要封存他们。他将来遇到老榕树又怎么和他交代呢？他答应过老榕树一定要把这件事弄清楚的；他又怎么能帮助老牡蛎脱离酸海呢？卡本是敏感的，但遇到困难的时候又是十分坚强的。他决定不能就此停手，要继续前行继续调查。正在这时，那个小伙子对研究员说：

“谢谢你今天向我展示了如何测量温室气体，我学到了很多，就不再打扰您的工作了。”

研究员听后，再一次停下了手中的工作，转身站了起来，然后对这个小伙子说：

“不客气，很高兴你能来参观，你也让我学会了如何客观地看问题。你那个关于气候变化的视频制作得怎么样了，什么时候给我们看看？你可是这方面的专家，我们都很期待啊。”

小伙子有些谦虚地回答："快完成了，我一会儿下山继续编辑，也许晚些时候就能给您，您多提意见。"

研究员笑道："没问题！"

卡本正琢磨着该如何进行下一步的探索，当他听到"气候变化的视频"时，突然想起了老榕树和船上的科学家都提到过：气候变化和二氧化碳之间是有联系的。"气候变化应该不仅仅是指气温升高吧。为何不和这个小伙子一起去他工作的地方，看看什么是气候变化，他是如何研究气候变化的呢？"卡本自言自语着。

这时，小伙子和研究员又寒暄了几句，便准备驾车离开这个观测站。卡本也拿定了主意，要跟随这小伙子一起离开。

CARBON 人知肆虐非横祸，又怎能置若罔闻

8 小伙子的一段视频

从观测站的实验室出来后，小伙子开着车沿着唯一的盘山路从3000多米的海拔弯弯曲曲地往下走。渐渐地，空气又开始温暖起来，无处不在的绿色又再一次出现在车窗外，狭窄的盘山路逐渐扩展为多车道的高速公路。 在高速公路上开了不一会儿，小伙子的车就驶进了一条穿插在修整得十分整齐的广阔草坪中央的小路，在小路的两旁种着一排排高大的椰子树，金色的椰子高高悬挂在树上，看上去好像随时要掉下来。一些不高不矮的大楼就分散伫立在这一大片草坪上。

小伙子的车在一个正面有喷水池的红棕色楼房前停了下来。小伙子停好了车后，三步并作两步走进了大楼，卡本一直跟在小伙子的后面。卡本发现大楼门口一侧的石碑上面刻着“气候变化研究中心”几个字。小伙子从大楼天井中的楼梯上到第三层，来到了他的办公室。

办公室并不大，放着一个长方形的电脑桌和一个圆形会议桌，墙壁上挂满了记事板。记事板上铺满了用五彩图钉固定的文章和图表。大部分的文章或标题中都含有“气候”这个词，图表也都是以世界地图为背景的。

小伙子坐了下来，在电脑前开始工作。他时不时地把目光从电脑屏幕移到摊开在桌子上的几张纸上，然后又继续敲打键盘和移动鼠标。好奇的卡本飞了过去，想要弄清楚那些纸上写的都是什么。卡本发现每一张纸上都罗列着一些纪录片的名字，例如《气候变化的事实》《气候变化改变生活》《气候变化来到我家》《世界不能容忍增高的温度》《气候变化不是小说》等等，每一个标题的右侧都印有这个纪录片的海报、导演和制作团队等信息。

卡本看完这几张纸后，又开始观察起小伙子的电脑屏幕。屏幕上显示的是一系列视频画面和视频下面的时间轨，小伙子在时间轨上添加着纪录片名字和其他相关字幕。卡本盯着屏幕看了好一会儿才弄明白，原来这个小伙子在把纸上罗列的纪录片的重要部分剪辑到一起，合成一个视频。

正当卡本仔细研究小伙子编辑的每一格画面有着怎样的含义的时候，一阵狂风暴雨电闪雷鸣的声音响了起来，惊讶的卡本向窗外望去，却发现外面的天气依然是阳光明媚。正在卡本不解之时，看见小伙子拿起了他身边的手机说了一声：

“喂，亲爱的。”

卡本这才意识到刚才的响声来自小伙子的手机。

小伙子接着说：

“我马上编辑完了，明天上课就可以放给学生们看了。”

“好的，我爱你。”说完后，小伙子就挂断了电话。

卡本猜想这位小伙子应该是一位教师，可能正在为明天一堂有关气候变化的课程准备材料。刚才那个打电话的人应该是他的女朋友或者是爱人。小伙子又在键盘上敲打了一会儿，然后自言自语地说了一声：

“终于完成了！”

小伙子放松地靠在椅子上，双眼紧紧盯着屏幕。此时小伙子的电脑屏幕开始播放他刚刚编辑好的视频。首先出现的是视频的题目：“我所看到的气候变化”。看到这个题目，卡本高兴地对自己说：

“真的很幸运！又来对地方了。”然后也开始聚精会神地观看起来。

“气候变化正在影响着地球上的每一个角落和每一个国家。无论你是生活在赤道，还是在南北极，无论你的交通工具现在正行驶在陆地、天空还是海洋，你都在经受着气候变化的考验。”

屏幕打出了这一段文字之后，便开始播放一些记录短片。卡本紧盯着屏幕，不想错过任何一个画面和文字。这个不长的纪录片用画面和旁白描述着这样一个内容：

“从工业革命开始，人类使用大量的化石燃料来加速他们的现代化进程。现代化把城市宽敞的马路变成了拥挤不堪的停车场，把高耸林立的烟囱插满了人类生活的地方。现代化的发展造成了二氧化碳的加速排放，而二氧化碳的增多是最有可能引起全球变暖、气候变化的原因。

“全球变暖造成南北两极的冰川融化进而导致海平面上升，使原来一些生活在海岸线的居民搬离了他们的理想家园。大气的温度升高增加了其吸收水蒸气的能力，当这些大气中过多的水蒸气遇到了冷空气后，会迅速形成比以往更强烈的降雨，降雨汇成洪水涤荡着脆弱的城市山村，降雨引发泥石流淹没它经过的每一个城市和村庄。台风、飓风、龙卷风，也比以往更频繁地光顾地球表面，造成大量房屋毁坏，供电中断，百万人流离失所。

“一些亚热带、热带地区由于全球变暖而更加干旱，原有的湖泊变成了干涸的河床，周围居民失去了生活用水的来源。干旱引发的森林火灾的数量正在一年比一年增多，树中储存的大量的碳被燃烧成二氧化碳排放到大气中，这些二氧化碳又增强了温室效应，使其进入了一个恶性循环。森林大火燃烧后产生的黑色灰尘和人类的工业污染物一起飘到了南北极，覆盖在冰雪上面。灰尘黑色的吸热作用加速了冰雪的融化，加剧了海平面的上升。

“部分地区寒冷的暴风雪天气比以往来得更频繁更剧烈，这成为一些人士的借口，就此争论全球并没有变暖而是在变冷。科学家认为这正是由于大气变暖，导致北极无法继续锁住本应该环绕在其上空的高速寒流。这些寒流被迫南下到低纬度地区，往往形成降雪一米以上的天气。大雪导致电力煤气中断，道路交通中断，给人类生活造成极大损失。

“总而言之，全球范围内发生极端天气的数量正在不断增

book

多。从1990年到2013年，造成10亿美元经济损失的极端天气，由24次上升到41次。气候变化不仅威胁着人类的生存，也威胁着动物的居住环境。由于全球暖化使动物向高纬度更冷的方向迁移，山地的动物也在向海拔较高的地带迁移。气候变化还造成了农作物减产，人类食品供给保障受到威胁等问题……”

就这样，这个短片用生动的旁白和画面不停地展示着气候变化给地球带来的方方面面的影响。这个小伙子坐在椅子上一言不发地盯着画面，表情凝重。短片介绍了一系列气候变化对自然的影响后，画面的内容开始以人类的面孔为主。旁白讲述着：

“当然，气候变化、全球暖化、温室效应就像很多其他科学观点一样是在争论中不断发展的，对此存在着很多不同的意见。有的人士认为，二氧化碳增多和全球变暖与人类的工业活动没有任何关系，他们认为全球变暖是太阳黑子的变化导致的，而地球在过去几百年的升温又导致海水变热，使海水释放了储存在其中的大量二氧化碳。另外，海平面上升是地球地质作用的客观规律，人类不应该设法去阻止它。还有的政治人士认为‘全球暖化’‘减排二氧化碳’是国家之间遏制发展的一个工具。”

短片的旁白说到这里后，画面里出现了一群手举牌子在大街上游行的人群，他们的牌子上写着“全球变暖是骗局”“气候变化是骗局”“碳交易是政客的工具”等大字。视频的旁白又继续陈述：

“不同意见和争论的共同存在是一个好事情，不同的意见越多，争论越大，我们才会把全球变暖、气候变化的事实看得更清楚。这个短片不是为了让你去相信什么是真理，什么是邪说。唯一的目的是要帮助你思考，思考我们人类的行为是否或者如何影响我们赖以生存的蓝色星球，我们在今天可以为这个蓝色星球，或者说为我们自己做些什么。”

旁白讲到这里后，屏幕上打出了一个大问号，然后黑了下来，视频结束了。过了大概十分钟，年轻人依然是一动不动地坐在椅子上思考着。卡本也呆呆地停在空中，他好像没有办法把他刚刚看到的那些画面完全消化掉。

作为一个立志保护地球的使者，卡本在几个小时前还在抱怨人类为什么会在意那一点点温度升高。现在他万万没想到，正是因为这一点点温度的变化，使地球和人类遭受重创。无论这些重创产生的原因是不是卡本他们，但人类都有理由对气候变化保持一个愤怒的态度。在这一路寻找答案的旅途上，卡本曾遇过很多让他瞠目结舌的事情，但今天他所看到的这个短片是他受到震撼最大的一次，也是他最不愿意看到的一次。在震撼之余，卡本更想知道人类是如何应对重创的，难道只有封存二氧化碳这一种办法吗？

时间在这个办公室里好像被凝固了一样。过了许久，他和那个小伙子都还保持着视频结束后的最后一个动作。整个办公室安静得就像一个没有任何物体的空房间，但卡本和年轻人的思想活动剧烈得足以充满甚至炸开整个房间。就在这时，“当，当，当”几声轻快的敲门声打破了屋子里的宁静。年轻人这才缓过神儿来，说了一声：“请进。”

推开门的是一位穿着牛仔裤，白色真丝上衣，头戴一个醒目“C 型”红色发卡的年轻女孩。她看见这个小伙子后侧着头，向他摆了摆手，说了一声“嗨”，脸上随之绽放出灿烂的笑容。那个“C 型”的红色发卡也一下吸引了卡本的注意力。小伙子一看到红发卡，刚才凝重的表情瞬间就融化了，站起身来展开双臂迎

卡本的小贴士

极端天气气候事件

极端天气气候事件，指一定地区在一定时间内出现的历史上罕见的气象事件，发生概率通常小于5%或10%是50年一遇或100年一遇的小概率事件。极端天气气候事件可分为极端高温、极端低温、极端干旱、极端降水等几类。

全球气候变暖是极端天气气候事件频发的大背景。2014年联合国政府间气候变化专门委员会（IPCC）公布的最新评估报告表明，过去50年中，极端天气事件特别是强降雨、高温热浪等极端事件呈现不断增多增强的趋势。在过去30年里，自然灾害已给全世界造成超过2.5亿人丧生和近4万亿美元的经济损失。经济损失还在上升，从1980年每年500亿美元到2012年增加到每年接近2000亿美元。而且这些损失中三分之一是极端天气造成的。虽然不能把单一的天气事件与气候变化联系起来，但科学家们警告说，“如果对气候变化不加遏制，极端天气事件就会不断加剧。”

上前去。小伙子和红发卡扎实地拥抱了一下。小伙子对红发卡说：

“这么快，你刚才不是说要一个小时才能到吗？”

红发卡笑着说：“你看看表。我堵车，都已经一个半小时了。”

小伙子看了一下手机上的时间，然后不好意思地回答道：

“时间过得真快啊，我已经把视频编辑好了，你要不要看一下，来得及吗？”

红发卡深表遗憾地说：

“对不起亲爱的，刚才堵车耽误了一些时间，可能来不及了，晚些我再看吧。我也帮你要了一张研讨会的票，要不要一起去？”

红发卡说完，从她斜挎的手袋里拿出了一张票，上面醒目地写着“《碳交易：二氧化碳减排的有效方法》研讨会。”看到这里，卡本一愣，心想：“难道我们二氧化碳家族已经成为商品，人类正在买卖我们吗？”

小伙子看到票后兴奋地说：

“好啊，我也正想学习一下这方面的知识，让我先把那个视频传给观测站的研究员，我想征求他的一些意见。”

说完，他又回到电脑前，迅速敲打了几下键盘。然后，他便牵着红发卡的手一起走出了办公室。卡本也正准备寻找一切关于人类如何应对二氧化碳措施的相关信息，他当然也不愿意错过这个关于“买卖二氧化碳”研讨会。卡本就跟着他们一起上了红发卡的车，赶去会场。

CARBON

也如唇枪舌剑斗，才能分辨泾渭别

9 碳交易的研讨会

不到一个小时，小伙子和红发卡就来到了会场。这是一个坐落在市中心、规模宏大的会场。会场一共有三层，每一层都有安检人员查看会议的通行证。从会场里大大小小写着不同议题和日期的展板来看，卡本知道这场大会已经进行好多天了，议题都是关于经济和政策领域的，卡本对其中的很多议题不解其意。这里来来往往的人很多，但是女孩头上的红发卡总是能让飘在空中的卡本迅速地认出她来。

红发卡和小伙子只是来参加众多会议中的一个研讨会。他们乘着扶梯来到第三层，卡本一直紧随其后，进入了一个房间。这个房间很大，在房间比较靠里的地方，摆着一个巨大的椭圆形的桌子，紧靠着桌子整齐地摆放着三四十把椅子，每一个椅子前面对应的桌面上都摆有铭牌和麦克风。在这个椭圆桌与会场入口之间，又给听众摆放着上百把椅子。 小伙子和红发卡来得比较早，他们选择了靠近椭圆桌最近的一排听众席坐了下来。

没过多久，整个会议室就挤满了人。围着椭圆桌那三四十把椅子上也坐满了穿戴讲究、准备发言的演讲嘉宾。一位穿着灰色礼服的女嘉宾，轻轻敲了敲她面前的麦克。会场里正在交头接耳的人都停了下来，会场一下子变得很安静。然后，这位女嘉宾用十分热情的语气做着开场白：

“各位先生，各位女士，各位专家学者，感谢你们来参加本次《碳交易：二氧化碳减排的有效方法》研讨会。今天我们很荣幸地请到了这个领域的很多专家。”

然后这个女主持人就开始介绍每一位椭圆桌前的嘉宾。当女主持人介绍的时候，卡本也围着圆桌不停地游走着，主持人介绍到哪位嘉宾，他就飞到哪里，一边听着介绍，一边看着这位嘉宾手中的资料。介绍完嘉宾之后，女主持人邀请了一位教授开始介绍关于碳交易的有关情况。老教授用着一种历经沧桑的沙哑的声音说：

“碳交易，或者说是碳定价是一种限制排放的经济手段。这种手段最初是在 60 年前，一些国家为了限制排放造成大气酸雨的工业废气，例如二氧化硫，而研究出来的一种限排方法。如今

二氧化碳的减排办法》研讨会

这种方法已经被用在了限制二氧化碳的排放上面。这种方法有两种最主要的形式，一种称为限制和交易，另外一种是碳税。限制和交易，指的是国家或者企业设立一个二氧化碳的排放总量的排放权，如果某个国家或者企业的二氧化碳的排放总量超过了这个排放权，那么他就要去那些还有剩余排放权的国家或企业去购买。相反，碳税指的是不限制国家和工厂的排放总量，但要根据每一单位的二氧化碳排放征收相应的税……”

老教授继续详细认真地讲着。但是越来越多的经济和政治上面的词汇，让卡本听得云里雾里，而他大概明白这两种方法最根本的目的是用经济手段减排二氧化碳。老教授讲完后，主持人开始组织圆桌上的专家分为两方辩论哪种政治经济方法好，是实行“限制和交易”还是“碳税”。讨论从一开始就十分激烈。有的专家说：

“限制和交易方法可以更加明确地设定全世界二氧化碳的排放总量，而实施碳税的方法不但无法达到这种目的，国家还要因征税给企业进行经济补贴。这些经济补贴会给国家带来严重的经济负担。”

卡本的小贴士

碳交易

碳交易是为促进全球温室气体减排，减少全球二氧化碳排放所采用的市场机制。2005 年《京都议定书》正式生效后，全球碳交易市场出现爆炸式增长。2013 年，深圳碳排放权交易市场在全国七家试点省市中率先启动交易。

碳交易基本原理是，合同一方通过支付另一方获得温室气体减排额，买方可以将购得的减排额用于减缓温室效应从而实现其减排的目标。在 6 种被要求排减的温室气体（二氧化碳、甲烷、氧化亚氮、氢氟碳化物、全氟化碳和六氟化硫）中，二氧化碳为最大宗，所以这种交易以每吨二氧化碳当量为计算单位。

碳税

碳税是根据化石燃料燃烧后排放碳量的多少，针对化石燃料的生产、分配或使用来征收税费的。征收碳税的目的是通过税收手段，抑制向大气中排放过多的二氧化碳，从而减缓气候变暖进程。

征收碳税，首先由政府部门为每吨碳排放量确定一个价格，然后通过这个价格换算出对电力、天然气或石油的税费。因为征税使得污染性燃料的使用成本变高，这会促使公共事业机构、商业组织及个人减少燃料消耗并提高能源使用效率。另外，碳税能提高替代能源的成本竞争力，使它们能与价格低廉的污染燃料（如煤、天然气和石油）相抗衡。

有的专家则说：

“限制和交易方法中的排放权分配很难做到完全公正、公平、公开，而且在碳交易过程中，二氧化碳的价格变化太大，国家和企业无法根据二氧化碳的价格来进行关于能源有效性或者清洁能源方面的投资。而征收碳税则可以避开这些问题，对企业减排效果更好。”

两方专家的讨论进入了白热化，谁都不愿让步。卡本专注地听着这些专家的讨论，但却越来越糊涂，心里琢磨着：“人类真是像榕树所说的一样，太复杂了。为了获取最大的经济利益，人类加速了二氧化碳的排放，现在意识到排放二氧化碳所带来的社会和自然的问题又要限制排放，可是人类又要从限制排放的过程中再获取最大的经济利益——好像人类想要同时达到两种目的。”

卡本努力思考着，想弄清楚其中蕴含的逻辑关系。想着想着，卡本突然回想起来会场之前看到的那个小伙子编辑的短片。其中有一个镜头是人类举着写有“碳交易是政客的工具”的牌子在大街上抗议。当时他还不明白其中的意思，现在他好像突然明白那些人为什么抗议了。

渐渐地，卡本对这些专家的争论失去了兴趣。况且，卡本觉得这种政治经济方面的知识并不能帮助回答他现有的问题。卡本已经知道人类现在所面临的气候问题及其原因了。可是人类在为减排二氧化碳做着哪些实质性的工作呢？关于这一点，卡本还不是很清楚。

通过和氨水的搏斗，卡本知道人类正在发电厂进行着碳封存工作。可这多少只能算是一种针对碳排放的弥补工作。人类有没有从根本上解决或是减少碳排放呢？卡本问着自己。碳交易的研讨还在激烈进行。卡本想知道碳交易何时才能真正发挥作用。他希望人类能尽快停止争论、早日达成一致，选择出一个最好的办法。

对会议失了兴趣的卡本从会议室里飞了出来，又再一次不知道下一步该去向哪里了。卡本思考着，突然发现红发卡和小伙子牵着手，也从那个房间悄悄地走了出来。卡本迅速地飞到了他们身边。小伙子和红发卡一边讨论着刚才研讨会上听到的辩论，一边向着会场的大门口走去。从他们的讨论中，卡本得知他们对这个研讨会也不是很感兴趣。出了大门口后，小伙子对红发卡说：

“我先打车回办公室了，刚才收到观测站研究员的回信。我想根据他的建议再修改一下视频。我刚刚接到通知说晚上可能有暴雨，你也回家早点休息，别再熬夜工作了。”

“明白，你快去忙吧，别忘了吃晚饭，我今晚还要继续推进那个‘零能源’的项目，明天一大早要去实地考察。”红发卡说。

“希望咱们以后的房子也是零能源的，希望所有人的房子都是零能源的，那就没有二氧化碳排放了。”小伙子笑着说。

红发卡听后也笑了，说：“你真是个理想主义者啊。如果真变成那样，今天这样的研讨会可能就不存在了。”

说完后，小伙子和红发卡拥抱到一起并互道再见。然后，他们向着相反的方向走去。很显然，卡本被红发卡所说的那个没有二氧化碳排放、零能源的建筑吸引了。虽然卡本不清楚那建筑具体是怎样工作的，但光是“零能源”那个名字就足以吸引了他。所以他决定跟着红发卡一起走，并准备明天和她一早去实地考察。

卡本随着红发卡来到了她的公寓。

她的家是在一个半砖半木建造的老式公寓楼里。楼前的街道倒是很宁静，是个单行道，因此没有繁忙的交通，有的只是安安静静停在道路两旁的小汽车。道路两旁人行道上的大树看上去也很有年头了，虽然可以看出很多树枝都已经被折断，但剩下的树枝、树叶纵横交织在一起，几乎把整个街道都掩盖了起来。

红发卡的家是在顶楼，是一个工作室格局的房间，就是从厨房可以看到床的那一种。红发卡回到家，简单做了一些食物，速速吃完后来到写字台前工作起来。写字台上摆放着各种各样房屋的平面蓝图，就像房屋的解剖图一样，连水管、电线的布局和太阳的方向都标记得很清楚。红发卡工作了一会儿后，天就黑了下来，雨点也开始敲打着窗户。

不一会儿，雨点越来越大，越来越密集，敲打窗户的声音好像预示着玻璃就要被震碎了。窗户外对面屋檐上的雨水已经汇集成了雨柱顺势向下砸在楼下的汽车上，发出“咣咣”的声音。狂风伴随着闪电也开始咆哮起来，楼前的大树剧烈地晃动了一会儿之后，就被风推着完全向一个方向倾斜，好像随时就要倒掉。

红发卡的电话突然响了起来，是小伙子打来问候红发卡的。红发卡接起电话听了一会儿后，对着电话说：

“没关系，放心吧，这几年飓风越来越多，我已经习惯了。你不用过来，我还在忙着工作，一会儿就睡了。”

好像小伙子因为担心，执意要过来照顾红发卡，可最后红发卡还是说服了小伙子不需要过来。他们互道晚安后就挂断了电话。红发卡继续工作着，狂风，暴雨，电闪，雷鸣，愈演愈烈。突然，屋子里的灯一下子全都灭了。红发卡抬起头，发现就连刚才从窗户外透进屋子里的那一丝摇曳的昏暗的路灯光也全熄灭了。屋里屋外一片漆黑。红发卡好像并没有一丝害怕，只是自言自语说了一句：

“又来了。”

然后，她就很熟练地顺着写字台的边缘，摸到了桌脚旁边早已准备好的蜡烛和打火机。红发卡点燃了这根已经被使用过的还剩半截的红蜡烛。因为没有烛台，她用了一些蜡油把蜡烛凝固在桌子的一角，便又开始继续写写画画起来。

这根蜡烛也仅能照亮半个桌子，光线忽暗忽明。红发卡每工作一会儿，就要揉揉眼睛。就这样反反复复没过多久，她就累得趴在桌子上睡着了，可桌脚的蜡烛还在继续燃烧着。她睡着睡着，突然胳膊抽搐了一下。她这一动不要紧，却碰到了胳膊旁边的一本书，这本书立刻打到了桌脚的蜡烛，蜡烛晃动了几下后，便顺势倒在了桌子上的一堆纸稿里面。

在红发卡头上飘着的卡本看到了这一系列的连锁反应后，突然紧张了起来。因为有一张纸碰触到蜡烛的火焰后立刻放出了小火苗，如果这张纸继续燃烧的话，会顷刻间让这个写字台上所有的文件和书本燃烧起来，后果将不堪设想。

此时的卡本已经急得上蹿下跳不知如何是好，他想要叫醒红发卡可又喊不出人类的声音。就在那一瞬间，他突然意识到自己可是二氧化碳啊，是最好的救火队员。卡本吸了口气把自己鼓得圆圆的，冲着那刚刚燃起的小火苗奔了过去，然后把自己的整个身体结结实实地扑在了火苗上，周围的氧气一下子都被挤走了。就这样，从蜡烛倒下到火苗熄灭不到一秒钟的时间内，一场蓄势待发的大火被卡本制伏了。唯一留下的痕迹就是那纸上燃耗过的黑边和正冒着青烟的蜡烛。

可能是由于最近几天一直熬夜工作，蜡烛熄灭后刺鼻的味道并没有唤醒红发卡，她就这样趴在桌子上睡了一夜。

第二天早上，当红发卡睡醒发现倒在桌子上的蜡烛后，她的脸上展现出由担心、惊喜、幸运、困惑等感情交织在一起而产生的复杂表情。看到红发卡的表情，卡本的心里倒是有了一些高兴和安慰，因为这些天他一直被“二氧化碳是罪魁祸首”这样一个概念困扰着，现在他终于做了一件力所能及又帮助了人类的事情，心里当然很舒畅。

红发卡又盯了一会儿蜡烛，可能是因为没想明白昨晚到底发生了什么。她看了看表，意识到时间有些紧迫了，便开始洗漱、吃早饭准备出发了。这期间，小伙子还打来电话问候，但红发卡并没有把蜡烛的事情告诉小伙子，只是向他保证以后再不趴在桌子上睡觉了。

CARBON

必有先行智慧者，才可创新解疑难

10

红发卡与她的“零能源”建筑

昨夜的狂风暴雨给红发卡公寓门前的那条小道带来了一片狼藉，散落的树叶、树枝横七竖八地躺在街道中央。更严重的是，有一棵大树完全被风推倒，砸在了停在下边的汽车上。还好红发卡的车昨晚停在了街角，所以她早上还可以顺利地把车开到主路上。即使上了主路，红发卡的车还是要缓慢行驶，因为道路上有太多昨夜被大风吹来的杂物，有的时候还要让行正在抢修电缆的工程车。

卡本透过车窗看着这一切被摧毁的景象又联想起昨天小伙子编辑的视频，不免自责起来。他责怪自己和其他二氧化碳们没有做好工作，或者说是在无意间做了很多不应该做的事情，才导致了气候变化和极端天气，他下决心要找到办法改变现状。

卡本想着想着，红发卡的汽车就已经来到了目的地。虽然路上行驶得很慢，但由于红发卡出发早，她还是准时到达了。卡本猜想红发卡一定经常遇到类似的情况，所以早已经习惯如何应对了。

卡本跟着红发卡来到了一个看上去刚刚建好的大楼下面，那里已经有几个人在等着了。红发卡开始和他们寒暄起来，并一起站在那里等几位马上赶到的客人。卡本趁机观察起这个大楼来。

从外表看，这座四四方方的大楼被玻璃窗和绿草有规律地包围着。玻璃窗十分宽大，每一个玻璃窗上都有一个遮阳板，玻璃窗之间被绿草隔开。虽然卡本见过的楼不多，但这也算是卡本第一次看见绿草长到墙上的大楼。卡本心想，这可比红发卡所住的那所公寓楼漂亮多了。

卡本又观察了一会儿，红发卡他们要等的客人也都来齐了。这些人相互介绍后，红发卡便用一张卡片贴近了一个电子设备，“嘀”的一声，这座大楼最外层的玻璃门便随之打开。他们一行人进入了大楼的第一层大门后，首先迎接他们的是一个绿色植物园。红发卡介绍说：

“我们现在所看到的是两层大门之间的花廊，这个花廊除了可以美化环境外，还有其他几方面的功能。一是它可以防止室外的空气和室内的空气直接接触而造成污染，二是它可以起到冬暖夏凉保温的作用，三是它还可以吸走我们身上从外面带进来的灰尘。”

正说着，他们刚刚走过的第一道玻璃门已经关上了，他们面前的另一个玻璃门随后打开。这一行人一边欣赏着花廊里精心布置植物，一边跨过第二道玻璃门。进入大楼的正厅后，红发卡接着说：

“这座零能源的办公大楼一个月前就已经完工了，现在正在试用期。到目前为止一切顺利，如果没有问题的话，你们下个月就可以正式进驻。”

红发卡说话的同时，卡本也发现这个大楼里除了一些穿制服的维护人员外，就没有其他的办公人员了。红发卡带着这个队伍乘着电梯径直来到了第三层的楼顶，卡本也紧随其后。这个楼顶平坦而又开阔，只是向南斜立着一排排蓝色的玻璃板。这时红发卡自豪地介绍起来：

“这里就是整座大楼的新能源中心。我们不需要燃烧任何化石燃料，这里排列着 2000 千瓦的太阳能板，可以满足这所大楼高峰时期 90% 的用电需求，另外的用电量来自于你们刚才所看到的窗户上的遮阳板，每个遮阳板的外表面其实都是由太阳能薄膜组成的，可以提供另外所需 10% 的用电。这个太阳能遮阳板还有另外一个好处。到了晚上，遮阳板可以自动收缩保护墙上的草皮。大家可能都体会到昨晚飓风的剧烈，但是由于这个遮阳板的保护，我们的墙草没有受到一点损失。平时这些墙草还可以帮助维持整个建筑的温度，无论春夏秋冬。”

红发卡说到这里，那些跟随着红发卡参观的人都开始啧啧称奇。红发卡的介绍也让卡本想起科考船上船员们热烈讨论的太阳能和新能源，卡本现在终于看到了太阳能板，也终于明白这些词什么意思。

在阵阵赞美声中，红发卡带着队伍下到了第三层的一个办公室。这个办公室看上去可以容纳几十个人同时办公，办公室的一面墙几乎都是由玻璃组成，宽敞明亮，宛如在室外一样。红发卡微笑着指着那一面墙的玻璃说道：

“这些窗户是由防紫外线隔热玻璃组成，不但可以让太阳光照亮室内，还可以阻挡住我们不需要的紫外线和热量。不过在冬天来临时，我们还可以取消其防紫外线功能，让太阳把屋子照得暖暖的。另外，整个大楼用的灯也都是自动调节的节能灯，可以根据用户的活动情况和天气情况自动调节其亮度。”

这时，有些人走近了窗户开始近距离观察起来，一些人试图找到打开窗户的把手。红发卡看到后微笑着说：

“这些窗户是打不开的，这是为了最大程度提高能源的有效利用。但是大家不要担心呼吸不到新鲜的空气。在这里，每一个办公室的换气系统都是独立的，可以根据需要来设定独立的换气速度和室内温度。从室外引入的新鲜空气经过复杂的过滤程序后，和排出去的空气进行一次热量交换，再引入室内，帮助保持室内恒温，这也是为了不浪费一点点能源。”

一行人听到红发卡的介绍后，都开始张大嘴巴做出深呼吸的样子，称赞着室内的空气和室外的一样清新。虽然人类看不见，但是作为一种气体，卡本很容易就可以看出室内外空气是否有差别，当然室内的空气也得到了卡本的肯定。红发卡在屋子里又介绍了一些办公室内的其他功能和设计后，便带着队伍来到了地下二层的一个控制室。卡本始终都与红发卡寸步不离。这个控制室除了有一些看上去很复杂的阀门外还有一个近一米宽、半米高的

卡本的小贴士

零能源建筑

零能源建筑是不消耗煤炭、石油等常规能源建筑，完全依靠可再生能源维持建筑的正常运转需要，以降低二氧化碳排放量。许多欧美国家如瑞士、加拿大及德国都已发展出零能源建筑。零能源建筑的主要特点是除了强调建筑围护结构被动式节能设计外，将建筑能源需求转向太阳能、风能、浅层地热能、生物质能等可再生能源，为人类、建筑与环境和谐共生寻找最佳解决方案。

地热

地球是一个庞大的热库，蕴藏着巨大的热能。地热就是来自地球内部的一种能量资源。地球上火山喷出的熔岩温度高达1200—1300℃，天然温泉的温度大多在60℃以上，有的甚至高达100—140℃。这些热量渗出地表，就有了地热。地热能是一种清洁的可再生能源，西藏是中国地热活动最强烈的地区，地热蕴藏量居中国首位，各种地热几乎遍及全区，有700多处。

电子屏幕。屏幕上显示着这个大楼的剖面图，就像卡本在红发卡家里写字台上看到的那些蓝图一样。红发卡指着这个屏幕说道：

“这里是中央控制室，这个触摸屏提供着每一个办公室的温度、用电、空气循环速度等信息。但最重要的是想让大家看看屏幕下方的这个地热泵。”

说话的同时，红发卡指了指那个剖面图最靠下的部分。那里指示着这个大楼的下面，在更深层的地下还有着复杂的管道系统。红发卡接着说：

“这栋大楼的 24 小时热水，完全来自这个地热系统。由于我们所处的这个岛是地幔柱之上的火山喷发形成的大岛，所以我们有着比大陆更丰富的地热资源。比如说，在其他的大陆，地表两公里之下才能达到 60 摄氏度的温度。可是在这里，只要 500 米深就可以达到 60 摄氏度。”

红发卡指着屏幕下方的那些管道接着说：

“从我们大楼的内部到这个深度修建了很多循环管道，常温水经过这些地热的管道再循环回大楼就变成了 60 摄氏度的热水，完全不需要任何其他能源加热。控制这个循环水的高压泵就在我们脚下的一层，非常方便控制与维修。”说到这里，红发卡的脸上再次自豪地露出了微笑。

“对了，刚才忘了告诉大家，整个大楼室外的公共用地，都是用透水的地砖铺成。平时的雨水可以透过地砖渗入到下面的毛细水管，然后被收集起来再过滤，用作卫生用水，达到节能环保的目的。其中一部分的生活废水还被用来浇灌这个社区的一个植物温室，温室里种植着有机的水果蔬菜。那些有机的水果蔬菜直接供给大楼的餐厅，供在这里工作的人食用。”

红发卡介绍的同时，这一行人都再次点头表示肯定。卡本发现，每个人的脸上都流露出对未来充满希望的表情。红发卡又带着队伍参观了大楼的一些其他设施并给予了详细讲解。参观了整整一个上午后，红发卡带着队伍又回到了大楼的中央大厅。红发卡先是抱歉地对大家说：

“要不是大楼的餐厅还没有正式投入使用，我一定请大家在这里吃午饭，品尝一下我们自己种植的有机水果蔬菜。不过我相信，一个月后各位一定有机会天天品尝了。”

然后红发卡又微笑着说：

“通过这次参观，我相信大家对这个零能源的建筑一定有了一个全面的了解。这个大楼所需要的能源都来自可再生能源，真正做到了二氧化碳零排放。不但如此，这个大楼仿自然的设计也会让在这里工作、学习的人有融入大自然的感觉，为你们创造了一个身心愉悦的工作环境。作为这个零能源大楼的设计师，对这一点我是十分自豪的。最后，我再次感谢你们来参观，希望一个月后大家都能在这里开始你们新的工作生活。”

红发卡说到这里的同时，也向参观队伍毫不吝啬地送出了欢迎的掌声。参观的人群也十分满意地鼓起掌向红发卡表示感谢。如果红发卡能听得见，她也会注意到卡本其实也在用尽全力鼓掌。卡本鼓掌是为了感谢红发卡帮助他增强了对那些取之不尽、用之不竭的可再生能源的了解，又让卡本明白了什么是零能源建筑，如何做到二氧化碳零排放。

通过参观，卡本了解到现在的人类正在利用可再生能源改变他们传统的生活方式。正在用卡本所见过的风能、太阳能、地热能，还有很多卡本没有见过的可再生能源取代传统的化石燃料，做到减少二氧化碳排放。

卡本越想越激动，因为他意识到，如果人类朝着这个方向继续努力下去，大气中二氧化碳日益增多的情况就可能会被控制住，甚至还有减少二氧化碳含量的可能性。到那时，气候变化的情况就会被控制。刹那间，卡本对红发卡的工作产生了敬佩之情。

CARBON 先风后雨不复止，遍地狼藉万屋翻

11 飓风来袭

此时，那些参观的人已经和红发卡一一道别，都离开了这个零能源大楼。红发卡脸上也露出了完成一项重要工作后那轻松喜悦的表情。这时她拿出了手机拨通了小伙子的电话：

“喂，亲爱的，我已经带他们参观完了。你那个短片效果怎么样，学生的反响好吗？”

红发卡听着电话里说了些什么后，开始有些失控地大声喊了起来：

“什么？……你们现在在哪儿……我马上过去！”

说完后，红发卡就挂断了电话，匆匆忙忙往门外走。卡本听到红发卡那十分着急的声音，意识到可能有什么不好的事情发生了，就紧跟着红发卡，因为卡本早已把他曾经救出“火海”的红发卡当成好朋友了。

红发卡钻进了她的汽车，向着与她来时相反的方向驶去。她的双眼一直盯着马路，嘴里还不时祈祷着什么。曾经一直挂在她脸上的那标志性的笑容已经变成紧张而凝重的表情。红发卡开了很久，才开到这个岛的另外一侧。在车里一直紧盯着车窗外的卡本发现，尽管道路中央已经被清理出来，但街道两旁昨夜飓风毁坏的痕迹越来越明显：翻倒的汽车，横在路边的站牌，破碎满地的玻璃，被狂风撕开的大树。不仅红发卡看到这些变得越来越紧张，卡本也非常害怕接下来会看到什么。

汽车又开了一会儿，就再也不能前行了，因为整个街道都已经被封锁。红发卡把车停到了一边，从车里跳了出来，继续跑步前行。卡本紧紧地跟在后面。渐渐地，街道两侧出现的景象不停地告诉卡本人类文明的脆弱。街道两侧已经没有一栋完整的房子，有的房顶被吹跑了，有的房子被切割成两半，中间裸露在外面，有的房子被大火烧得只剩一片灰烬，被折断的电线杆横七竖八地躺在街道上或是房子的废墟中间，人类的生活用品被吹得到处都是。一些房屋的主人呆呆地盯着自己被飓风损坏的房子，一些人在废墟中低着头寻找着什么。看到此情此景的红发卡奔跑的速度越来越快，目的很明确地向着一个方向跑去。

红发卡跑了一会儿突然停了下来，仿佛被突然钉在马路中央一样，她远远地望着一栋几乎被夷平的房子前面的三个人。红发

卡那被抑制了很久的泪水唰的一下涌了出来，顺着脸颊不停滚落。泪水越来越多，就在她几乎要哭出声来的时候，她马上转过身，背对着那三个人，用衣袖和双手擦干了泪水。红发卡双眼注视着天空，整理了一下自己的情绪。然后转过身，朝着那三个人跑了过去。卡本发现其中一个人正是他昨天看见的那个小伙子。

“爸，妈！”

红发卡喊出声的同时已经走到了他们的面前。这三个人同时朝红发卡看过来。那两位被红发卡称作爸妈的老人和红发卡紧紧地拥抱在一起。那个小伙子在一旁不停地轻拍红发卡的后背。

老先生安慰红发卡说：

“没关系，只是房子没了，我们还好好的呢。昨晚来飓风前，我们这个区的居民就被转移了，我们现在住在爷爷奶奶家，怕你担心所以没告诉你。”

然后小伙子接着说：

“我今天早上看新闻才知道岛这一侧的飓风很严重，然后给叔叔阿姨打电话得知了消息。知道你上午的那个活动比较重要，也就没通知你，我先赶了过来。”

红发卡对着小伙子深情地说了一声“谢谢”，然后继续望着两位老人。

红发卡的妈妈接着说：

“别担心了，房子也上了保险，损失不会特别大的，我们正在这儿收拾，看看是否还可以找到些可以用的。”

卡本发现地上堆着一些他们找到的破坏不严重的箱子、厨房用品、衣服、相册等等。

“我来帮你们找。”

红发卡说完后，四个人又分散回到那不忍入目的废墟里找了起来。他们继续寻找的，大多不是生活用品，而是像相册一类的损坏就再也无法弥补的物品。有时候，当红发卡发现一件可以代表她在这个房子里曾经有过快乐时光的小物品时，眼中又会突然迸出泪水。

看到红发卡这个样子，卡本总会更加自责，并且把毁掉红发卡一家美好生活的罪过都归结到自己的身上。他们找了一会儿，天黑了下来。他们停止了寻找。红发卡和小伙子把找到的东西装到一个小推车上，然后推着小车一趟趟地把物品运到停在封锁区之外的卡车上。当所有物品都装上了卡车后，他们又在上面盖上了一层帆布。之后，他们四人便驾车一起来到了红发卡的爷爷奶奶家。

红发卡的爷爷奶奶早已准备好了晚饭，他们见到红发卡和小伙子十分高兴。他们好像已经很久没见面了，爷爷奶奶还开玩笑说要感谢飓风，把红发卡和小伙子这两个大忙人带了过来。不过，他们并没有再继续讨论被摧毁的房子。

爸爸和爷爷对红发卡的零能源建筑和小伙子的气候变化研究非常感兴趣，所以就一直让红发卡和小伙子谈论他们最近的工作。他们边吃边聊，当红发卡和小伙子介绍完他们的工作后，他们又问起了红发卡的爸爸的工作情况。原来红发卡的爸爸是做碳足迹计算方面的工作。通过红发卡爸爸的讲述，卡本明白了碳足迹是一个人的消费行为或者一个企业的生产行为产生的二氧化碳排放量，或者简单地说是一个商品从最初的原料到最后的成品生产所需要消耗的能量而换算成的二氧化碳排放量。每个国家和每个地区由于生产工艺不同，生产同样产品排出的二氧化碳也可能不同。红发卡的爸爸还举了很多有趣的例子：

生产一打鸡蛋要大约排放 1 斤的二氧化碳，生产一个牛肉汉堡和生产一件 T 恤都要排放大约 4 公斤的二氧化碳，生产一台手机要排放 50 公斤的二氧化碳，生产一台汽车要 30000 公斤的二氧化碳。

红发卡的爸爸也提到，如果人类关心碳足迹，从生活的各方面改变一下生活习惯，就会大大降低二氧化碳的排放。他又举例说：

如果人类用更健康的蔬菜汉堡取代牛肉汉堡来食用，只需要排放 1 公斤的二氧化碳，只有原来的四分之一；人类消费 1 公斤通过飞机进口的橙子，需要排放 6 公斤的二氧化碳，但是如果消费当地生产的橙子只需要排放 1 公斤的二氧化碳；如果生产橙子的方式换成污染更少的有机农业，那么排放二氧化碳也会更少；如果家里面使用一个 100 瓦普通的电灯泡，每天点亮 4 个小时，那么一年就要排放 60 公斤的二氧化碳，但是如果换成同样亮度的 LED 节能灯泡，只需要排放大概 10 公斤的二氧化碳；如果一个人做一次 500 公里以内的短途旅行，乘飞机的话，每走一公里就相当于排放了 260 克的二氧化碳，但乘坐汽车每公里只需要排放 50 克的二氧化碳，等等。

红发卡的爸爸滔滔不绝地讲述了很多碳足迹的故事，红发卡和小伙子边听边学习。卡本当然也不能错过一切和碳相关的事情，卡本游走在餐桌周围仔细地听着他们的谈话，从他们的谈话中了解到了更多关于二氧化碳对人类生活的影响。

卡本的小贴士

计算你的“碳足迹”

●基本公式

家电的二氧化碳排放量（Kg）= 耗电度数 × 发电排放系数；

开车的二氧化碳排放量（Kg）= 油耗公升数 × 发动机排放系数；

乘飞机的二氧化碳排放量（Kg）：

短途旅行：200 公里以内 = 公里数 ×0.275；

中途旅行：200 － 1000 公里 =55+0.105×（公里数－ 200）；

长途旅行：1000 公里以上 = 公里数 ×0.139。

●换算后需补偿树的数目

例如：如果你乘飞机旅行 2000 公里，那么你就排放了 278 千克的二氧化碳，为此你需要植 3 棵树来抵消；如果你用了 100 度电，那么你就排放了 78.5 千克二氧化碳，为此你需要植 1 棵树；如果你自驾车消耗了 100 公升汽油，那么你就排放了 270 千克二氧化碳，为此你需要植 3 棵树……

CARBON

苦向千险难里走，世人共济万里行

12 银色勋章

红发卡的爸爸讲完他计算碳足迹的工作后，晚餐也快结束了，这时红发卡很神秘地对爷爷说：

“爷爷，你知道吗，我今天在废墟里找回了你曾经送给我的一个礼物。我一直把它放在我的房间里，庆幸的是飓风并没有带走它，您能猜出是什么吗？”

爷爷笑着对红发卡说：

“我送给过你那么多的礼物，我可不知道你说的是哪一个。”

然后，爷爷把脸转了过来，对坐在红发卡对面的小伙子笑着说：

“她小的时候，从来不喜欢我送给她的洋娃娃，还有那些小女孩都喜欢的过家家的玩具。后来我才发现，如果我送给她遥控汽车、变形金刚这些男孩子喜欢的玩具，她就特别高兴。可是她也不像男孩子一样好好地玩他们，她啊，把那些玩具全都拆了。”

爷爷说到这儿的时候，奶奶指了指红发卡，也笑着说：

“你小时候啊，不仅会拆玩具，还会跳舞。我们都以为你想成为一个舞蹈家。没想到你最后成了一个会跳舞的工程师。”

说到这儿，屋子里瞬间充满了大家的笑声。笑声渐渐平静后，红发卡对爷爷说：

“您说的都是小时候的事，我说的这个是我大了之后您送我的礼物。”

红发卡说着，从放在她旁边的手袋里掏出了一个金属质地的银色奖牌，它在屋子里灯光的照耀下显得格外耀眼。卡本也凑得更近了些，想把这块奖牌看清楚。奖牌的中央，雕刻着一个突起的世界地图。更准确地说，是把各个大陆紧凑地拼在一起的世界地图。地图的两侧各有一根橄榄枝，上下用英文缩写标着两个词：“联合国”“气候变化”。爷爷看到这个奖牌后，微笑着对红发卡说：

“这个奖牌，对你来说可来之不易啊……当初可不是我主动送给你的，而是你看到它后从我这里哭鼻子要走的啊。”

红发卡略有撒娇地对爷爷说：

“是啊，当初您可舍不得了，就怕我经常搬家把它弄丢了，让我先放在爸妈的房子里。”

红发卡叹了口气，接着说：

“不过没关系，房子没了，它还在。我先物归原主拜托您保管着，等以后我有了自己的房子再把它拿走。”

此时小伙子的眼睛也盯着这块奖牌，非常想知道它背后的故事。红发卡看出了小伙子的心思，就把奖牌向他递了过去，然后对他说：

“每次爷爷看到这块奖牌，都会给我讲一段历史，今天你也有福了，可以听爷爷讲故事。”

这时红发卡的妈妈说：

“爷爷奶奶做了这么多饭已经很累了，不讲了，早点休息吧。”

但是爷爷并没有要清理餐桌的意思，拍着小伙子的肩膀说：

“我们聚到一起不容易，就多聊一会儿吧。”

小伙子高兴地对爷爷说：

“谢谢爷爷，她经常向我提起您，说你有好多故事。今天终于有幸听您亲自讲述了。”

红发卡快速且温柔地拍着手掌，鼓励爷爷继续讲下去。此时卡本也飘到了爷爷的肩膀上，准备听故事。爷爷喝了一口茶，想了想然后开始娓娓道来：

“这个奖牌是为了表彰我在联合国气候变化领域工作二十年颁发的。在 1998 年，如你们所知，我有幸加入了著名的国际组织——政府间气候变化委员会。这个委员会是当年由联合国环境署和世界气象组织共同建立的。简单地说，建立这个组织的目的是为了向全世界提供一个平台，让各国政府坐到一起研究气候变化问题。

“我们一共有三个工作组，主要负责从自然科学的角度研究气候变化的影响，以及各个国家应采取的减缓气候变化的措施。我们还有一个专题组，专门负责制定各个国家计算排放二氧化碳和其他温室气体的方法。但是我们组织里并没有专门做研究的科学家，来自世界各地的知名科学家以自由撰稿人的身份为这个组织提供科研成果，我们负责评审和发布这些研究成果。我们不付给这些科学家任何报酬。”

当爷爷说到这里，红发卡打断了爷爷的话，问：

“爷爷，您是专门负责组织评审的，对不对？”

爷爷看着红发卡，笑着说：

“是的，我就算是评审团一员吧。在 1990 年我们发布了一个由三四十个学者共同撰写的 400 多页的报告。当时也算是人类历史上第一个针对气候变化发布的全球性报告了。报告主要指出了大气中不断增加的二氧化碳含量是由人类工业活动引起的，含量的升高会带来温室效应。这个报告的发布，加速了联合国在 1992 年做出制定《联合国气候变化框架公约》的决定。”

听到这里，小伙子略感惊讶地说道：

“爷爷，我现在每年都去参加联合国气候变化框架公约大会，但是从来不知道它是在这样的基础上建立的。”

爷爷笑着说：“呵呵，你们年轻人太忙，没时间关注历史了。第一个报告发布五年之后，也就是 1995 年，委员会又发布了第二个评估报告，这个报告中提供了更多的证据证明人类的工业活动加重了温室效应，并因此造成了对气候变化的影响。这一次评估报告的发布，加速了联合国气候变化框架公约组织制定一个更详细、更坚决、更有效的承诺去应对气候变化。因此，在 1997 年 12 月，在日本东京召开的组织成员大会通过了著名的《京都议定书》。这个议定书明确了需要减排的，包括二氧化碳、甲烷在内的六种温室气体，并为工业化国家设定了具体的减排目标。”

爷爷说到这里叹了一口气。

“会议结束以后我的信箱就爆炸了，那些信件真的就像雪片般袭来。里面既有支持减排，也有反对减排的声音。支持的声音就不用说了，你们都很清楚。最有意思的是那些反对的声音竟然是互相矛盾的。”

爷爷呵呵笑了两声，接着说：

“一些反对的人说《京都议定书》是政治阴谋，会加速国家间的贫富差距；另一些人又说议定书会阻碍社会发展，把各个国家拉到一个水平线上，让全世界国家均富。你说是不是很好笑啊。”

听到这里，小伙子有些担心地问了一句：“那爷爷是如何应付这些反对声音的？”

“那时候反对的声音不绝于耳，我有一些压力，但我知道应付这些声音最好的办法就是继续坚持我的工作。那些反对的声音还不算什么，其实真正的暴风雨是在我们第四个报告的发布以后来临的。”

这时，红发卡对小伙子说：“2007 年发布的第四个评估报告获得了诺贝尔和平奖。”

爷爷接着红发卡的话说了下去。

“对啊，第四个报告提出，人类活动造成温室效应和全球变暖有 90% 以上的可能性。那年这个报告和委员会获得了诺贝尔和平奖。因此我们得到了全世界范围内前所未有的关注。后来出现了信任危机事件。”

这时小伙子好奇地问爷爷说：

“爷爷，您所说的信任危机就是指‘冰川门’和‘亚马逊门’那些，是吗？”

“是啊……”爷爷叹了口气。

“委员会对一些数据的引用不够仔细和严谨，导致有关全球变暖对喜马拉雅冰川消融时间的影响，对亚马逊雨林面积的影响数据审查不够仔细，也可以说是错误地引用了文献。这些错误被学者们指出来后，一些团体和机构借此鼓吹我们的机构不值得信任。不过这件事情倒可以提醒你们年轻人，要用批判的眼光看待科学，即使看上去是一个全世界最权威机构发布的数据，也有可能出错。”

小伙子点点头说：“是的爷爷，我现在也努力地用这样的态度做研究。”

爷爷拍了拍小伙子：“那就好，你知道吗，那一段时间我的压力很大，我已经准备引咎辞职了。但是在 2008 年，也就是我进入委员会的第二十年，我得到了这个奖牌，委员会表彰我 20 年间在气候变化问题上坚持不懈的努力工作。”

说到这里，坐在一旁的奶奶伸出手紧紧抓住爷爷的一只手。爷爷微笑着看着奶奶说：

“那时候多亏你奶奶的安慰和鼓励，我不但从阴影中很快走了出来，而且更加热爱自己的工作。尽管在后来的‘哥本哈根大会’‘坎昆大会’等会议上，我也遇到过各种各样的争议、阻力和困难，但是我再也没有产生过一丝一毫放弃的想法。到今天，已经有越来越多的人了解和支持我们的工作。就拿委员会在 2014 年发布的最新报告来说，撰写报告的科学家和作者已经增加到了 200 多位，报告的页数增加到 2000 多页，内容是以前的五倍之多。目前，还有更多的学者报名要参与我们的工作。

我相信以后的报告内容会越来越详细。为了避免出现以前发生的信任危机事件，委员会正在考虑建立一个自己的科研团队，可以说我们任重而道远啊。”

说完后，爷爷笑了笑。红发卡的爸爸妈妈用敬佩的语气说：

“你们两位年轻人，一定要向爷爷学习，无论遇到什么困难都要坚持，不要放弃自己的理想啊。”

爷爷会意地笑一笑说：“不知道等你们年轻人到我这个年龄的时候，世界会变成什么样。”

此时，小伙子把已经焐热了的奖牌，放回爷爷手里说：

“这个奖牌对您来说真是来之不易啊，以后还要再听您给我们讲更多的细节、更多的故事。”

爷爷接过奖牌放在手掌心低着头仔细端详着它，并用拇指的指肚用力划过上面雕刻的图案，仿佛在那划过的一瞬间爷爷又把工作几十年的苦与乐体会了一遍。爷爷突然抬起头看着小伙子说道：

“看你来了这么多次，我都没准备什么礼物，你也在做着气候变化相关的工作。把这个送给你，就当作是一个勉励吧。”

小伙子听爷爷这么说十分惊讶，连忙说：“这个礼物太贵重了，这可以说是您工作几十年的心血换来的，我不能要啊。”

爷爷执意要送，小伙子又不肯收。来往几个回合后，红发卡对小伙子笑着说：“爷爷让你收下，你就先拿着吧，就算是先替我保管着。”

小伙子看看红发卡，然后很不好意思地收下了这块奖牌。红发卡好像用命令似的语气说：

“有了奖牌，你就更不能从我身边跑掉啊。即使跑了，也要把奖牌留下！”

大家听到后，再一次用笑声填满了房间的每一个角落，就好像那场飓风从来没有来过一样。

此时的卡本还在房间里，呆呆地飘在餐厅的半空中，回忆着刚才餐桌上的每一句对话。这些对话不但让卡本了解了关于全世界联合起来减排二氧化碳的决心和行动的历史，也让卡本体会到了人类的喜怒哀乐，更让卡本在爷爷那里找到了对工作的那种执著精神的共鸣。

不一会儿的工夫，餐桌已经被大家收拾干净了。爷爷奶奶回到了自己的卧室，妈妈和红发卡睡在另外一个房间，爸爸躺在书房的折叠床上，小伙子躺在沙发上。整个屋子在晴朗的夜色中又安静了下来。

这时的卡本感觉好像已经找到所有问题的答案了，开始整理思绪：他们二氧化碳是一种温室气体，如果在大气中的含量合适，他们会维护地球的温度；可是人类工业活动排放了过多的二氧化碳到大气中，导致全球变暖和气候变化，并因此发生一系列灾难。人类从几十年前就已经开始了二氧化碳减排工作，制定各种政策法规，加强科学技术研发。人类利用可再生能源取代传统的化石能源，尽量少排放二氧化碳，像红发卡建造的零能源的房子就可以做到二氧化碳的零排放。想到这里，卡本决定下一步他应该尽快把这些发现告诉老牡蛎和古榕树。

CARBON

其理已明欲相告，路遇新朋点迷津

13 果碳讲故事

卡本从屋子里飞了出来，决定按原路返回。先去看一下老牡蛎，再去见老榕树。

“首先我要回到科考船，如果科考船还停在港口休息，那么我就有机会继续跟着科考船出发，我相信无论怎样，科考船终究会再次回到老牡蛎的那片海域，也就是我上船的地方。”卡本心里默默地盘算着接下来的行动方案。

此时已经是深夜了，红发卡爷爷家前的街道十分安静。昨夜的飓风没有对这里产生破坏性的影响。相反，那一场大雨把街道洗刷得非常干净。此时天空繁星密布，没有一丝云彩。晴朗的天空可以让卡本看得更远更清楚。卡本开始向天空飞去，飞得越来越高，一直飞到卡本发现街道上的路灯变得比星星还小。卡本停在半空中，试图找到他来时科考船停靠过的那个港口。但是卡本只能看见这个岛一半的海岸线，他没有发现那个港口，岛另外一侧的海岸线被岛中间的两座大山挡得严严实实。卡本推测那个港口应该就在岛的另外一侧，他需要翻过这两座大山。

卡本继续向高处爬升。渐渐地，他在黑暗中发现其中一个山顶正在向天空发射出一道强有力的笔直的绿色激光，激光一直照射到无垠的天空中，其末端好像和天上的群星融入一起。卡本突然想了起来，山上发射激光的地方应该就是他曾经去过的那个观测站。那道绿色激光是用来测量大气中颗粒物的大小和个数的，卡本在观测站的一个牌子上曾读到过这样的说明。

卡本喜出望外，有了激光做指引，卡本可以很容易地找到那个他曾经去过的观测站了。卡本向激光飞奔过去，当他飞到能看清观测站的时候，也发现了那条通往观测站的盘山路，并看到了用白色油漆印在路上的“海拔 3000 米”标识。他迅速地向那条盘山路飞了过去，在黑暗中沿着那条盘山路小心翼翼地下了山。卡本又凭着记忆找到通往港口的公路，很顺利地来到了港口。

当卡本到达港口的时候，天已蒙蒙亮了。卡本发现进入港口的检查岗和两侧通行的路口都被黄色条带拦挡起来，并摆放着禁止通行的标志，难道发生了什么不好的事情？卡本越过这些障碍继续向港口靠近。渐渐映入卡本眼帘的那些建筑和设施，不仅有被大火烧过的痕迹而且还有被海浪吞噬过的痕迹。很多穿着制服的消防队员和港口的工作人员在淤泥中忙碌地清理着被烧焦的残垣断壁。

开始担心起来的卡本穿过拥挤的人群，想看一看那条科考船是否还在。当卡本到达当初那个科学家下船的地方时，他发现了那艘醒目的红体科考船。虽然那艘船还停在海中，可是不知为什么船头插进了一艘小型游艇里，那艘小型游艇几乎要被劈为两半，高高悬在空中。不仅科考船的船头破损很严重，就连船上很多通讯设备、绞车，也都被摧毁了，横七竖八地躺在甲板上。有如此悲惨境遇的船还不止这一条，很多停在港口的船都已经面目全非。特别是那些体积小一点的船都被整个从水里搬了上来，斜躺在铺满淤泥的岸上。港口上原先摆放整齐的集装箱也都歪歪斜斜地散落着。树立在港口正中央的一面大旗，已经倾斜得几乎要贴到地面了，旗杆上面还粘连着一小部分被风撕碎剩下的旗帜。看到此景，卡本再次被大自然的破坏力吓到了。“难道这也是飓风所为吗？”卡本问着自己。卡本马上回到那些正在工作的人群中，试图从他们的谈话中打探出这里到底发生了什么事情。

从他们的谈话中，卡本了解到科考船入港的那一天晚上，完全出乎天气预报的估测，大海上形成的一股飓风从这个港口最先登陆了，毫无规律地横扫了岛上的一些区域并造成了严重的破坏。飓风登陆后，海风把近 10 米高的海浪和一些停在岸边的船只都推到了岸上。由于科考船自重很大，避免了飓风的搬移，但还是遭到了重创。风、雨水、海水共同作用摧毁了港口的基础设施，引发了火灾。好在无论是港上的工作人员还是船上的船员，在飓风登陆前就被紧急撤离了，但港口至少还需要半个月的修整才能完全恢复工作。卡本得知没有人员伤亡后，替人类舒了一口气。但是看着这一片狼藉的港口和破损的科考船，卡本心想："就算是半个月后港口恢复工作了，那艘科考船也不一定能继续出航，肯定需要更长的时间来修缮。"卡本必须要找一个新的方法去找老牡蛎。

卡本正在琢磨着如何能回去见到牡蛎的时候，发现了几张非常熟悉的面孔正向卡本和科考船的方向靠近。

"这不就是科考船的船长和几位船员吗？"卡本自言自语着。

他们走到了离科考船最近的一道封锁线前停了下来。

"唉。"船长看着科考船叹了一口气。

“现在的飓风越来越难预测了，否则，我们可以提前得到消息，我们船不入港，全速驶离风眼，越远越好，那样我们就可以躲过一劫。”

一位船员说：“船长，这不是你的责任，听说那天晚上附近的海域也有海上风暴，可能我们根本跑不掉，停在这里也许是最好的选择。”

船长又叹着气说：“也许吧。”

然后，船长摇了摇头接着说：“我刚才得到港务局和总部的评估，说船至少需要经过两个月时间的修理才能再次下水。那些科学家已经准备坐飞机走了。总部也让我今天坐飞机回去执行新的任务，这里就交给你们盯着了。总部还会派其他工程师来协助你们维修的。”

一位老船员拍着船长的肩膀说：“快回去吧，这里有我们你就放心吧，我会及时给你报告进展的。”船长听后点了点头。

船长又站在封锁线外努力地从各个角度观察了一下科考船，并又和船员们探讨了一些技术上的问题，才准备离开。飘在一边听他们说话的卡本心想，他可以跟着船长一起乘飞机回到他出航的地方。当飞机经过老牡蛎所在的海滩时，他从飞机上下来不就可以看见老牡蛎了吗？其实卡本从来没有坐过飞机，不了解飞机的结构也不清楚如何才能从飞机里出来。但他也管不了那么多了，此时跟着船长走是他唯一的选择。

船长一个人上了一辆停在港口警戒线外的车上，然后驱车一路驶向飞机场。卡本也紧跟在船长身后。到了机场，船长先是去还了租来的车，然后办理了登机手续，过了安检，在候机厅吃了一份快餐，就登上了飞机。没过一会儿飞机就咆哮着离开了地面。

这是卡本第一次坐飞机，一切都那么新鲜。卡本在飞机里仔细观察了一番后，发现飞机不像轮船。飞机是全封闭的，看上去他没有办法自由地进进出出。卡本开始有些担心了，因为即使他能透过飞机的窗户看见那片老牡蛎所在的海域，他也无法随意地从飞机上一跃而下。

飞机飞行了一会儿后，可能是由于几天的劳累，船长在飞机上已经睡得很沉了。即使空姐开始派送饮料的声音，也没把他吵醒。船长身边的一位女士向空姐要了一杯果汁汽水。当空姐把那杯粉红色的带着冰块的饮料放到她的小桌板上时，让卡本惊奇又

可乐

兴奋的一幕发生了。一个个二氧化碳气泡在那杯饮料的表面爆开，并伴随着“滋滋”的声音。许许多多的二氧化碳朋友都从那杯饮料中窜了出来。这时那位女士拿起杯子喝了一口，当她再次放下杯子时，有更多的二氧化碳的气泡以更快的速度从杯中跑了出来。卡本从离开发电厂之后就再没在哪儿一下子见过这么多的二氧化碳朋友，他就迅速地凑到杯子口前，和刚刚出来的几个二氧化碳朋友打起了招呼：

“你们好，我是卡本。”

其中一个二氧化碳一边抖着身上的水汽一边看着卡本说：

“你好，你就叫我果碳吧，因为我喜欢水果的味道。里面真的好拥挤啊！”

果碳一边说一边指了指那杯汽水。卡本好奇地问：

“你们这么多二氧化碳为什么都挤到一杯汽水里面？”

果碳用带着疑惑的表情问：

“难道你不是从那里出来的吗？”

卡本摇摇头。果碳接着说：

“是人类把我们加到水里做成汽水的。”

卡本又问：“为什么把你们加到汽水里？”

“为了清爽！人类喝了汽水后，肠胃又吸收不了那么多的二氧化碳，就会把我们从口腔中排出来。我们二氧化碳被排出来的时候会带走一部分热量，人类就会觉得清爽和开胃，所以就这样喽，不仅是这一杯，在无数种类的汽水当中都有我们二氧化碳。”

这时，卡本看了看其他乘客面前的小桌板，从五颜六色的饮料杯中也正在不停地冒出二氧化碳。突然“噢”的一声，那位女士打了一个嗝，这些二氧化碳都笑了起来。笑声平静后，好奇的卡本又继续问：

“那你们在被加入汽水里之前在哪里？在做什么？”

果碳身边的一个二氧化碳委屈地说：

“我当时正在大气中飘着做温室效应的工作，可是飘到了一个工厂上面时，突然就被一个大管子吸入了工厂里面。经过一系列复杂的过程，人类把我从氧气、氮气还有其他气体中分离出来，之后便和从其他地方来的二氧化碳一起注入一个大罐子里。然后又经过一系列复杂的过程，最后就被注入汽水中。”

这个二氧化碳说道“其他”的时候，指了指身边的果碳。

果碳接着说：

“因为大气中二氧化碳不多，所以光靠分离大气，那个气体加工厂是无法满足客户需要的，加工厂还要从别的地方买一些二氧化碳，重新装罐一起卖给客户。我就是从别的地方买来的。我生活在地下，然后被人类挖了出来，送到石灰厂做燃料，变成二氧化碳……”

卡本听到这儿的时候，感觉这个二氧化碳的经历和自己有几分相似，便插了一句说：

“你是不是被氨水抓住了？”

果碳听到后一惊，说：“你怎么知道的？”

卡本笑着说：“你接着说，然后我再告诉你。”

果碳接着说了下去：“我是被氨水抓住了。被抓住的还有其他好多的二氧化碳。我们被分别装进不同的罐子里，送往不同的地方。我最后就来到了这里。我听说有的二氧化碳被送到采石油的地方。”

果碳讲述自己经历的时候，有好多其他的二氧化碳也都围过来凑热闹。这时另一个二氧化碳问道：“为什么要把他送到采石油那里啊？”

果碳看了看他然后说：“因为有些油井里的油很少，人类用传统办法很难再采出油来。可我们二氧化碳无论在水中还是油中都可以游泳，用人类的话说就是溶解度很高。人类把我们注入油井，我们会溶解在油中，使其体积膨胀，降低它的黏度。说简单一点就是，我们二氧化碳比水更容易把石油从地下驱赶出来。”

这时有一个二氧化碳补充道：“这也不是什么新鲜事，人类已经用这种方法几十年了。”

果碳接着说：“我听说现在最新鲜的是，人类把二氧化碳打入地下有玄武岩的地方，让二氧化碳和玄武岩进行反应，生成碳酸钙、碳酸镁这些固体，这样二氧化碳就从气体状态转化为固体状态，永远储存在地下了。那里可就是我们二氧化碳的地狱啊！”

“不，不，不！我可不想被永远储存在地下。”一些二氧化碳听完果碳说完，都吓得摇着头，连忙说不。

果碳笑了笑接着说：“是不是怕了？我还听说有一部分二氧

化碳被用来和水反应制造一氧化碳、甲烷、酒精等可以重新燃烧的能源。还有，还有……”

果碳努力想了一会儿，然后补充说：“还有一部分二氧化碳被送到玻璃制成的超级温室，这种温室是全封闭的，连水汽都跑不出去，但阳光可以照射进去。人类在这种温室里加入高出大气中二氧化碳含量几十倍的二氧化碳。在这样高浓度二氧化碳的环境里，植物不仅可以快速生长，而且生长所用的水，不到传统农业所需的 5%。怎么样，神奇吧？”

此时包括卡本在内，果碳周围的二氧化碳都惊呆了，一是惊奇果碳了解这么多信息，二是惊奇二氧化碳可以为人类提供如此多的用处。果碳在讲了这么多故事之后，还是没有忘记她想问卡本的问题。

“卡本，你怎么知道我是被氨水抓住的，难道你也有这样的经历吗？”

其实，卡本也早就迫不及待地想把他这些天所经历的、所学到的讲给这些二氧化碳朋友听了。

“我也遇到过氨水，但是我挣脱了……”，然后卡本就把他从苏醒后发现自己是一块煤开始详细讲了起来。随着越来越多的二氧化碳从空姐派发的汽水中逃离出来，围绕在卡本周围听他讲故事的二氧化碳也就越来越多。听完卡本的故事，果碳和其他的二氧化碳朋友都像卡本一样陷入深深的困惑中，因为他们也才刚刚了解到大气中日益增多的二氧化碳，会造成气候变化，会给人类和生活在地球上的生物带来那么大的危害。这些二氧化碳都焦急地问卡本，接下来他们该怎么办。回到大气中进行温室效应显然已经不是明智之举了。 听到这样的问题，卡本也只能摇摇头告诉他们现在还不清楚。但是果碳却很乐观对其他的二氧化碳说：

“我刚才不是讲过了吗？我们二氧化碳有很多用处，比如我们可以去油田帮助人类驱油啊。”

卡本摇着头说：“那只会让更多藏在地下的石油被挖掘出来，你可别忘了，石油里面也都是碳啊，人类燃烧他们之后，会释放更多的二氧化碳。”

果碳被否定后又继续说：“那……那就让人类把我们转化成其他的能源，甲烷、酒精，这样可行吧？”

这时在听众里的一个二氧化碳用遗憾的语气说：

“我曾经就被转化成酒精，然后又被燃烧成二氧化碳。你们知道吗，现在这种技术还不成熟，人类需要消耗更多的能源，才能把二氧化碳转化成具有较少能量的酒精或者甲烷。简单地说就是，要转化一定量的二氧化碳就要排放更多的二氧化碳，得不偿失啊！”

果碳听到后没有气馁，紧接着补充说：“那我们去超级温室，参与光合作用。”

另一个二氧化碳紧接着摇头说：

“不行，我听朋友和我说，现在人类还没造几个超级温室，有好多二氧化碳在那里排队进行光合作用。不要说超级温室，就连地球上那些普通的树啊，还有其他植物都变得越来越少，没有二氧化碳进行光合作用的地方了。”

被几次否定后，果碳有些着急了，说：“这也不行，那也不行。那我们可以去地下找玄武岩让他把我们变成固体，封存起来。”

像刚才一样，听到“地下”两个字后，有很多的二氧化碳摇头表示不愿再回去。但有的二氧化碳说：

“我倒是想被送到地下转化成固体封存起来，可是现在人类的技术不成熟。到了地下后，很多二氧化碳变不了固体，又都跑了出来。”

此时，除了卡本和果碳低头沉思外，其他的二氧化碳都开始着急得议论起来。

有的二氧化碳对卡本说：“你和果碳的见识比我们多，你就没有其他更好的办法了吗？”

卡本既无奈又难为情地说：“我也在不停地寻找答案，现在还不清楚，但相信有一天我会明白的。”

那个二氧化碳接着问：“那接下来你要去哪里寻找答案？”

“我要先去见几个朋友，把我一路的经历都告诉他们。”

正在这时，机长通过广播告诉大家：现在飞机正在经过一片海上风电站，感兴趣的乘客可以注意一下海面。听到广播后，很多乘客拉起了飞机窗户的挡板向下望去。“风电站，是不是他离开老牡蛎后乘船经过的地方？”卡本心里想着，从那一群还在热烈争论的二氧化碳群中挣扎了出来，来到一个飞机窗户上也向下望去。

在波光粼粼的大海上，有序排列着一个个小白点，但还是可以辨认出那些白点大概是风电塔的模样。卡本开始仔细数那些风电塔的个数，这些白点的数量和他来时经过的那片风电塔的数量差不多，很有可能就是他曾经乘船经过的那片海域。卡本决定是时候离开飞机了。

卡本回到那群还在激烈争论的二氧化碳群中，提高自己的声音问了一句：“有没有谁知道，怎么才能到飞机的外面去？”

听到卡本的问话后，二氧化碳们面面相觑，一是不理解卡本为什么要这样做，二是一时间也不清楚怎样才能出去。这时一个二氧化碳说：

“我知道，就在那里！”

这个二氧化碳说着，又指了指飞机的地板。

然后他又接着说：

“刚才我们谈话的时候，我看见有好多气体都从那里被吸走了，我想他们一定是被排到飞机之外了。”

卡本说了声“谢谢”后，马上来到飞机的地板上。他发现地板的两侧有一些栅格网，也能看到有很多气体和灰尘都从那个栅格网被吸走了。这时果碳飘了过来，在卡本的身边说：

“那是飞机的换气系统，把舱内旧的空气排出，然后再引入新鲜的空气注入机舱内，你通过那里是可以到飞机外面去的。”

知道了这个方法后，卡本和果碳又回到了那群正在讨论的二氧化碳中。然后，卡本说：

“朋友们，我要先离开了，我要先去见一些朋友，消除他们对我们二氧化碳的误解，然后我会继续为我们二氧化碳共同关心的问题寻找答案，弄清楚我们应该何去何从，希望有一天会有机会再见到你们，相信那个时候我已经有了答案。”

说完后，卡本和果碳还有其他二氧化碳道了别，便向那机舱地板上的栅格网飘去。

CARBON

心寄老友回故里，物是物非皆有因

14 再会，老牡蛎

卡本向飞机底部的栅格网靠得越近，可以感受到的空气中的吸力也就越大，到最后他的身体已经开始不由自主地向栅格网靠近。突然之间，卡本一下子被吸进了栅格网。卡本已经无法控制自己的身体，那种感觉就像又体会了一次告别云碳后经历的暴风雨。

卡本在换气管道里旋转着加速前行，轰鸣的飞机发动机声音和眼前的黑暗好像让卡本又回到了他曾经被埋藏的煤矿。但这一切都发生得很快也很短暂，卡本还没来得及展开那两段回忆，整个世界又都安静了下来。卡本又可以控制自己的身体了，卡本已经离开了飞机，飞机的轰鸣声已经遥远得听不清楚。

卡本睁开眼睛，几秒钟前的黑暗已经变成了十分耀眼的光明。他有些分不清哪里是天空，哪里是海洋，是离天更近一些，还是离海洋更近一些，感觉自己就是在一个蓝色的大口袋里。卡本在这“大口袋里”努力地寻找可以帮助他定位的坐标。过了一会儿，卡本借助海上时有时无的粼粼波光，确定了自己的位置。找到大海后，卡本也找到了那些风电塔，然后就朝着那个方向飞奔过去。

也许是卡本比较幸运，也许是天气十分晴朗，降低了寻找的难度，他很快就根据曾经见过的几个山峰为参照物，确定了他熟悉的老牡蛎所在的那片海域。他在海上飞了不一会儿的工夫，就开始听到海浪拍打岩石的声音，卡本已经来到了那片黑色礁石滩。

虽然卡本根据岸上一些人造的建筑确定这就是他曾经来过的地方，但是滩上礁石的排列和岩石的大小好像都变了样。在海滩上晒太阳的牡蛎也没有以前那么多了。卡本好不容易在一大块岩石的缝隙中发现了几只他曾经见过，起初对他有些敌意的牡蛎。

“你好，我是卡本，我回来了。”

卡本说话的同时，一只小牡蛎也发现了他。

“卡本，你回来了。”

“我怎么没有看见上次和我说了好多话的那个年长牡蛎？我答应回来看他，向他汇报我找到的答案。”

卡本一边问着，一边继续四处打量，看看有没有其他熟悉的牡蛎的身影。小牡蛎哽咽地说：

“他已经不在了……”

说完后，他几乎要哭了出来。卡本飘上前去，既惊愕又关心地问道：

“发生了什么事情？”

小牡蛎刚准备说些什么，但没能控制住情绪，一下子就哭了出来。哭了一会儿后，才断断续续地说：

“你那天走了之后，这里的天气就变得越来越热，一直都没下过雨，海水的高温让我们很难忍受。也许你不知道，我们对海水的温度很敏感，一点点变化就会威胁到我们的生存。再加上海水酸化让老牡蛎无法长出厚实的外壳抵挡炎热。老牡蛎已经快奄奄一息了。后来……”

小牡蛎还没说完，就又开始大哭了起来。卡本好像明白了小牡蛎要说什么，心里也因为再看不到老牡蛎而开始难过。卡本想去安慰小牡蛎，但又怕控制不住自己的感情，就在那里呆呆地望着小牡蛎。这时，旁边的一个牡蛎看出了卡本的心思说：

“卡本，你先别难过。后来海滩上来了一些人，他们好像很了解我们的情况。他们带着各种设备，对很多牡蛎进行检查，把那些有和老牡蛎一样情况的牡蛎们，都放进了备有海水的容器中。我想老牡蛎应该会好起来，没事的。”

卡本有些不理解，就好奇地问：“你知道人类把牡蛎放进盒子里是要做什么吗？”

这个牡蛎摇摇头说：“我只看到他们每个盒子上都有一个圆形的标志，上面写着‘气候变化与海洋生态研究所’。”

卡本猜想那些人一定是科学家，可能正在研究海水酸化和气候变化对牡蛎生长的影响。想到这里，卡本把他认为的情况告诉了牡蛎们，并告诉他们人类把老牡蛎的病治好了以后，还会送他回来的。小牡蛎听到后慢慢地停止了哭泣，问卡本：“你找老牡蛎什么事情啊？”

卡本说：“我答应过老牡蛎，如果我明白了二氧化碳和海洋的关系，就来告诉他。”

那些牡蛎听到后，一起好奇地问卡本：“那到底是什么关系？”

虽然老牡蛎现在不在这里，卡本觉得他也应该和其他牡蛎把这

个关系讲清楚。于是，卡本就把为什么大气中的二氧化碳变多了，这些多出来的二氧化碳都是从哪来的，以及二氧化碳的增多是如何影响气候和海洋的等等一切他学到的知识都讲给了这些牡蛎。这些牡蛎听完卡本的讲解后，终于明白了二氧化碳对海洋的危害并不是刻意而为，有些二氧化碳是好心办坏事，这些牡蛎也就彻底消除了最初对卡本的敌意，并感谢卡本信守诺言回来告知老牡蛎。

卡本对这些牡蛎说："人类在几十年前就已经意识到了工业活动造成二氧化碳过多这个问题，现在正在尽可能地用一切手段来改正，我相信很快你们就会再次拥有你们熟悉的、没有那么酸的海洋了。"

卡本的话和人类努力挽救老牡蛎生命的表现，确实给牡蛎们好多安慰和欣喜。

其中一个牡蛎说："如果老牡蛎回来了，我会把你讲的这些告诉他，而且我也要告诉海洋里其他的生物，让他们尽快了解现状。"

卡本十分高兴也很感激。他意识到应该尽快上路，把找到的答案告诉老榕树，让老榕树也为人类采取应对气候变化的行为感到高兴。但当下首要的问题是，如何才能找到老榕树。卡本猜想牡蛎应该只了解海里的事情，对陆地上的植物不会很熟悉的，但也不妨问一问。

卡本说："你们听说过一棵长了 600 年的古榕树吗？"

听到卡本的问题后，牡蛎们都摇了摇头。但其中的一个牡蛎说的话倒是给卡本了一些提示。

这个牡蛎说："你说的这棵树我不是很清楚，但你可以问一问岸边远处的椰子树，也许他能知道呢。"

"是啊，这倒是一个好办法，我这就去问问他们。"

卡本自言自语着，看了看远处的那片椰子林。

随后，卡本和这些牡蛎告别，并送上了对老牡蛎的祝福。

卡本来到了椰子林。这里每棵树上都挂着一串串的金椰子。卡本对着树林最外面的一棵椰子树问道：

"你好，我是卡本。我想问一下，你知道一棵 600 年的老榕树吗？"

这棵椰子树看了卡本一眼，然后一脸严肃地回答：

“你要和我进行光合作用，我就告诉你。”

卡本听到椰子树的回答愣住了，心里想：“如果我要和这棵椰子树进行光合作用，那我不就永远留在这棵椰子树里了吗？那我还怎么去找老榕树啊。如果不进行光合作用，他就不告诉我吗？”卡本还在琢磨着这椰子树回答。

椰子树突然大笑着说：

“我逗你玩的。已经有足够的二氧化碳帮我们进行光合作用，不差你一个二氧化碳啊。”

卡本那焦急的表情随着椰子树的笑声也逐渐舒展开来。

椰子树接着说：“我当然知道老榕树啊，他可是我们的楷模啊。”

卡本好奇地问道：“为什么是你们的楷模？”

“为什么？因为同样是树，我们都希望有他那样的寿命啊。他现在就已经活了 600 岁，而我们椰子树最多也只能活 150 多年。”

椰子树说话的同时也显露出一副十分羡慕的表情。

椰子树继续说：“我知道他在哪里，你找他有什么事？难道你想到他那里进行光合作用吗？”

“我找他是想告诉他一些我发现的关于气候变化的事情，这是我和老榕树之间的一个约定。”

椰子树听到“气候变化”这个词后，突然兴奋了起来：“气候变化好啊。”

卡本一惊。这是卡本有史以来第一次听到赞美气候变化。卡本本能地问了一句：“什么？怎么会好？”

椰子树说：“你不知道吗？就是因为气候变化，海平面上升，一些沿海地区原本种粮食的土壤已经变得很咸，无法种粮食了。但我们椰子树对环境的适应性很强，对土壤没有那么多要求。人类开始在这样的土地上种我们椰子树了。所以我们椰子树的数量越来越多，兄弟姐妹多了，这难道不是好事吗？”

椰子树说完后又大笑起来。听了椰子树的解释，卡本明白了他指的“气候变化是好事”是什么意思。但他感觉到椰子树的这个想法有些天真。

卡本对椰子树说：

“但是万一有一天气候变化加剧了，海平面上升很多。不但粮食种不了，就连种椰子树的土地都被海水淹没，到那个时候，你还会觉得气候变化是好事吗？”

卡本的质疑让椰子树无言以对。

过了一会儿，椰子树慢吞吞地回答：

“你说的也有道理，但那一天不是还没有到来呢吗，不要想那么多。不想和你争论这个了，还是告诉你老榕树在哪儿吧。但是我说了，你别难过啊。我听说老榕树受伤了，伤得还很严重。”

“什么？受伤了？伤到哪了？发生了什么？”卡本焦急地问。

“我也不太清楚，我也是听说的，你去看一看就知道了。”

然后椰子树把老榕树的具体方位详细说给了卡本。卡本谢过椰子树之后就出发了。出发之前，卡本还嘱咐椰子树要再好好考虑一下气候变化的问题。

这次去找老榕树的行程，卡本决定不搭载任何交通工具。一是因为椰子树也不清楚用何种交通工具才能到达老榕树所在的地方，如果卡本自己想弄清楚还需要更多的时间，但他想尽快见到受伤的老榕树。二是因为根据椰子树所说，老榕树就在向北一千多公里的地方，卡本自己飞过去应该不需要花太多时间。

CARBON

志在找寻明白理，旧问才懂生新疑

15 老榕树的新问题

卡本飞向了天空，飞到了一个很高的高度后，根据椰子树所讲的老榕树的位置，给自己画了一条直线，准备沿着这条直线一直飞。

这一路，卡本并不寂寞，因为卡本刚刚出发离开了椰子林不久，就在天空中遇到了一群正在翩翩起舞的候鸟——黄嘴大天鹅。卡本一边飞，一边和天鹅聊了起来。这群天鹅告诉卡本，他们本来是要像往常一样到南方过冬寻找食物的，但是今年南方的气温很高，他们已经无法适应了，只好往北飞。

这群天鹅听说北方的天气已经没有以前那么冷，好多河流湖泊都不再结冰，他们可以在那里觅食。而且有好多其他的天鹅已经在飞往南方的途中停留到了那里，所以这群受不了南方气候的天鹅也要去北方寻找他们的同伴。

卡本明白，这群天鹅所遭遇的情况应该也是气候变化所造成的。于是，卡本也把自己的经历和一路上了解到的关于气候变化的情况告诉了天鹅们。卡本和天鹅保持同样的速度一起飞了一夜，

卡本的小贴士

候鸟

随季节不同而周期性进行迁徙的鸟类，包括夏候鸟和冬候鸟。

很多鸟类具有沿纬度季节性迁移的特性，夏天的时候这些鸟在纬度较高的温带地区繁殖，冬天的时候则在纬度较低的热带地区过冬。夏末秋初的时候这些鸟类由繁殖地往南迁移到渡冬地，而在春天的时候由渡冬地北返回到繁殖地。这些随着季节变化而南北迁移的鸟类即候鸟。德国马克斯·普朗克研究所日前发表公报说，研究发现，气候变暖正在使一些候鸟的迁徙距离逐渐变短，甚至可能在数代之内变成不再迁徙的留鸟。

边飞边聊。当太阳再次升起的时候，卡本看到了他曾经熟悉的那个城市，那个他曾经从发电厂挣脱后所拜访过的城市，那就是他的目的地。卡本只好和那群黄嘴天鹅告了别，黄嘴天鹅们继续向北飞去。卡本下降到可以把城市看得很清楚的高度，开始寻找那个标志性的街心花园和花园中心的老榕树。

整个城市还没有从一夜的睡眠中苏醒过来，稀稀落落的行人和车辆使街道显得更加寂静。这时几声清脆的鸟叫声，吸引了卡本。卡本顺着声音看去，发现有几只翠鸟正在一棵榕树的树枝上蹦蹦跳跳地歌唱着。“那不就是老榕树吗？”卡本告诉自己。

卡本既兴奋又担心地奔了过去，来到跟前才发现老榕树正如椰子树所说已经受伤了，已经不是上次卡本离开时的样子了。只见老榕树原先最粗最大的一根树枝已经折断，倒插在树下的泥土中，树枝上的小枝杈和树叶都被修剪掉了，显得光秃秃的。折断的树枝周围还被栏杆包围着，栏杆上面挂有一个牌子写着：“注意安全，禁止入内”。卡本一边仔细观察着老榕树，一边对仿佛还在沉睡的老榕树轻声说：

“老榕树，我是卡本，我回来了。”

老榕树听到卡本的声音后，迟疑了一会儿，然后用比以往慢很多的语速对卡本说：“卡本，你回来了。”

卡本看到老榕树受伤的样子很难过，问：

“老榕树，发生什么了？怎么会这样？”

老榕树不想让卡本担心，便安慰他说：

“卡本，我没事，只是一根树枝折断了。说来连我都难以置信，就是在你离开之后的几天，这里竟然下了一场百年不遇的大雪。有榕树的地方下大雪还是很少见的……”

听到这儿，卡本打断了老榕树的话问道：

“为什么很少见？”

榕树继续地说：“因为我们是亚热带植物啊，我们生长的地方怎么可能会有大雪呢？但是那一场大雪真的是着实的大，下了有半米深。我生活了600多年也才第一次见到。雪太大了，我那根最大的树枝上积了好多的雪，最后撑不住才折断了。”

老榕树惋惜地叹了一口气。

“那是不是很严重？怎么那根树枝被栏杆围起来了？”

老榕树笑着说：“没有关系，那根树枝已经被人类修剪过了，

它插到土里后，慢慢也会变成树根，长出新的枝叶，也会变得枝繁叶茂，别忘了我们榕树可有着极旺盛的生命力。”

说到这里后，榕树又笑了笑，想用笑声打消卡本的忧虑。

“好了，不说这个了，气候变化的问题你研究得怎么样了？”老榕树岔开了话题问卡本。

卡本好像极不情愿地对老榕树说：

“这场让你树枝折断的大雪，其实就是气候变化造成的。由于全球变暖，极地的气温升高，导致极地上方的一部分冷空气南下，引发了极端天气，就会在一些地区出现反常的天气现象，如本不该有的暴雨、降雪，等等。要不是因为气候变化，你是不应该经历这场大雪的。”

老榕树说：“我也感受到现在天气变得有些无常，你一定找出其中的原因了吧。”

这句话正问到了卡本的痛处或者说羞愧之处，卡本铆足了劲儿快速、大声地说：“气候变化正是由于我们二氧化碳过多引起的。”

说完后，卡本便低下了头。

“这是怎么回事？真的是你们二氧化碳所为吗？你继续给我讲讲啊。”

卡本虽然感到羞愧，但是他见老榕树的目的就是想让榕树知道，人类、二氧化碳、气候三者之间到底有怎样的关系。于是卡本就一五一十地把他看到的、听到的都讲给了老榕树。其中也包括人类是如何努力与气候变化做斗争的，例如人类是如何从二三十年前就开始意识到这个问题，而进行二氧化碳减排工作。从如何减少使用化石燃料，如何利用可再生能源，到如何把释放到大气中的二氧化碳封存起来，卡本都讲得面面俱到。好像是卡本带着老榕树又重新走了一遍卡本经历过的旅程。

虽然老榕树见多识广，但他还是听得津津有味。因为卡本讲的好多信息，老榕树在过去的几百年都没有听过。卡本和老榕树不停地聊着，他们完全没有注意到这个城市从日出中苏醒过来不久后，热闹和喧嚣又霸占了每一个角落，形形色色的人们在榕树下来来往往、吃着食物、喝着茶水、聊天说地，川流不息的交通工具也在滴滴作响；即使太阳落山后，繁忙的嘈杂声再一次从街道消失，拥挤的星星再一次撒满天空，他们也都没有注意到。不知不觉中，时间已经过了午夜。

卡本讲完后，老榕树也花了很久才缓过神儿来。老榕树赞叹地对卡本说：

“我在这里生活 600 年了，听过见过不计其数的精彩故事，但你刚刚给我讲述的绝对是最精彩的故事之一啊。另外，我很佩服你的工作效率，你在不到一个月的时间里就把气候变化了解得如此透彻。”

卡本有些不好意思地说：

“其实应该把我这一路的收获都归结为运气好。我在这一路上无论是遇到你，还是其他的人类、动物、植物，或是其他的二氧化碳，大家都在用不同的方式帮助我，我都能从大家那里得到我需要的信息。”

榕树说：“卡本，你很谦虚啊。不过，我听完你的讲解之后有一个疑惑。”

“疑惑？什么疑惑啊？”卡本问。

老榕树慢条斯理地像是侦探在破案一样，说：

“既然人类从几十年前就开始注意气候变化，并采取了一定的措施来应对。那天气怎么从几十年前到现在变得越来越难以捉摸，发生极端天气的情况不断增多啊？到什么时候才能好转呢？”

卡本从没有想过老榕树所说的问题。他思考了一会儿说：“还是您见多识广，想的全面，我怎么从来没考虑过这个问题呢？我猜是不是天气变化相对于人类的活动而言有滞后性啊，正因如此，人类现在一切的努力在几十年之后才会有回报，就像人类排放了几十年甚至上百年的二氧化碳之后，才开始体会到气候变化一样。”

“你确定吗？”老榕树怀疑地问卡本。

“我不太确定。”卡本犹豫着回答。

老榕树说：“其实我问这个问题的目的是想说，在过去的这些日子，你一直在寻找的和询问的都是引起气候变化的原因，你有没有想过去查探一下气候变化的结果呢？气候变化最终会有多严重？极端天气什么时候才会停止？人类可能无法预测，没准你能调查清楚呢。”

老榕树的一席话一下子警醒了卡本。

“你说的对啊，我怎么没想到呢？我应该去调查一下，可是我应该去哪里？去问谁呢？谁能知道答案？是苍天还是大地？”

老榕树笑了笑说：“你要从盒子里跳出来。”

“什么盒子？”卡本不解地问。

老榕树说：“我是在打比方。无论是人类的工业活动还是产生的二氧化碳，以及后来的温室效应，全球变暖和气候变化都好比发生在一个玻璃盒子里。在过去的日子里，你一直在这个玻璃盒子里转来转去，但要想知道这个玻璃盒子接下来会发生什么，只有从玻璃盒子的外面观察才能知道。就像人类经常说的那一句话：不识庐山真面目，只缘身在此山中。你懂了吗，卡本？”

“我懂了……可是，我还是不清楚应该去问谁，谁会在盒子之外观察现在发生的一切呢？”

老榕树说：“亏你在地球生活的时间是用亿年来计算的，都不如我才生活了 600 年的老榕树知道得多。不过我也是才想明白的，主要是受到了前几天发生的一件事情的启发，才有了刚才的那些想法。”

“什么事情？快告诉我。”卡本焦急地问。

“这些天啊，经常有人在树下谈起不久前降落的一颗流星。那颗流星我也看到了，它比我以往见过的流星都要明亮。它在天空中划出了一条长长的银色丝带，这条丝带随着流星从天空一直划到大地。人们说啊，流星就是来自地球外面星际空间的陨石，他们来到地球时要经过大气层，与大气摩擦燃烧。很多陨石在大气层中都烧没了，但是听说这一颗陨石没有完全烧尽，有一部分落在了地表上。”

老榕树说到这里，突然问了卡本一句：

“卡本，你知道人类怎么看待流星吗？”

卡本没有回答，但他的沉默告诉了老榕树他对这个问题不得而知。老榕树接着说：

“有的人说看到了流星就可以许愿，梦想就会成真；也有的人说，流星是上天给人类的警告，警告灾难的来临。无论怎样，那些没有烧尽降落到地表的流星非常少有，比金子还珍稀，比金子还贵重。你应该……你懂我的意思了吗？”

听到这儿，卡本其实已经有一些明白了，但又不十分肯定，便犹豫地问老榕树：“你的意思是说，流星是来自你提到的玻璃盒子之外的地方，他有可能把盒子内发生的一切看得很清楚，你希望我去找到流星，并从他那里找到‘因果’中关于结果那部分的信息。是吗？”

老榕树听了非常高兴，对卡本说：

“你很聪明。我正是这个意思，流星是来自地球之外的物质，所以他最有可能以旁观者的角度了解地球之上发生的事情。”

得到老榕树的肯定后，卡本有些领悟了。此时，他十分佩服老榕树的睿智，略有些激动地说：“你说的很对。这个流星的坠落，很可能为我尽快找到关于气候变化的结果，提供了一个非常好的机会。我应该去问问那个流星。我要找到他。”

听到卡本如此坚定的回答，老榕树笑着说：

“听人类说那个流星落到了北极那边，一个人迹罕至、冰雪覆盖的地方。”说完后，老榕树朝着遥远的北方指了过去。

卡本看了看老榕树所指的方向，问：“你知道怎么才能最快到达那里吗？”

老榕树摇着头说：“我知道一些人类去北极的方式，他们需要乘汽车、坐火车、转飞机，等等，非常复杂。即使你用了这些方法到了北极后，也没有人能够告诉你陨石的确切位置，还是要靠你自己去寻找。那还不如你现在就一直向北飞，自己去北极，那样会更快一些。”

卡本听着老榕树的一席话，不停地点着头说：

“老榕树，你说的对，我想自己肯定能找到那颗陨石。”

“那还等什么，快出发吧。你要在人类发现他之前找到他。如果人类先找到了，把它收藏起来或送进什么实验室做研究，你就没希望了。”老榕树催促他说。

“是的，我马上就启程，我会尽快找到他，他也许会回答我们所有的问题。”

卡本说完后，还像上次和老榕树分别一样，做了简短的告别后，便朝着正北方向飞去了。

CARBON 卡本遥遇智慧星，因因果果终理清

16 四十六亿年的观察

卡本那颗急迫的想得到答案的心，催促他一刻不停地向北飞。卡本一路上飞跃了巍然屹立的峰峦、滚滚奔腾的长河，也穿过了芳草萋萋的绿茵、玲珑别致的小溪。卡本看见浓烟冲天的烟囱穿插在高耸入云的摩天大楼之间，密密麻麻的交通工具充斥城市所有建筑的缝隙之处；也看见数以百计的挖掘机不停地掏挖着本来披着绿衣的大山，掏出的碎石块被卡车运往四面八方，只留下尘土飞扬的矿坑。当卡本经过广袤平坦的大地时，第一次看见了油田，数不清的不停点着头的机器从地层深处吸取着卡本的兄弟姐妹们——石油。可以说，卡本飞过的每一寸土地都可以看到人类活动的场景。

也不知道飞了多久，卡本可以看到的绿色开始变得越来越少，不断增多的是皑皑的冰雪。所见到的建筑物也由高楼大厦，变成了稀稀落落的一人高的穹顶房屋；滴滴作响的汽车已经不见，取而代之的是汪汪叫喊的犬拉雪橇。毛皮大衣裹满全身的北极人，吐着哈气挥舞着皮鞭。在这寂静的冰雪世界里，他们聊天的声音显得那么清脆而高亢。

从那些偶尔被风声打断的言语中，卡本明白了北极人在抱怨：父辈们曾经用雪橇打猎的地方已经融化成汪洋大海，他们必须要利用独木舟才能通过。不仅如此，他们还抱怨猎物也随着冰雪融化而迁移他乡，使得他们经常食不果腹。不过，让卡本迷惑的是，即使如此，他们脸上还时不时地洋溢一些笑容，这与他们抱怨的言辞极不相符。卡本猜想也许他们只是抱怨一下大自然的变化，但还是很享受现在拥有的生活吧。

离开了北极人，卡本继续在这片冰封的世界里寻找着陨石，此时人类生活的痕迹已经彻底消失在卡本的身后了。渐渐地，卡本开始有一些迷失方向，曾经使用的定位方法好像开始不起作用了，并且已经分不清楚东西南北。这时他想起老榕树跟他讲过，如果遇到这种情况可能说明卡本已经来到了地球的最北端，也是他的目的地：北极。

卡本还在琢磨着自己身处的方位时，突然发现雪地上有一团白雪在小心翼翼地蹦跳着向前移动。“这团白雪怎么还有四肢？”卡本看见了支撑雪团移动的四条腿，琢磨着这是什么样的一个物体。这团白雪突然停止了前进，转过身来朝卡本所在的方向看去。它的脸露了出来，上面有两只细长的、眼角向上吊着的红色眼睛，一个黑黑的圆鼻头醒目地固定在两只眼睛中线的最下方。原来是一只北极狐，一个卓越的捕猎者。

卡本看到了北极狐就像看到了希望。因为他觉着这只北极狐应该对这个广袤而又单调的冰雪世界十分熟悉，他很可能知道那个陨石的下落，他应该去问一问北极狐。正当卡本走上前准备询问北极狐的时候，这只北极狐突然又把脸转了回去继续向前走，还时不时嗅一嗅脚下的白雪，好像在仔细寻找着什么。卡本准备先不打扰他，就紧紧地跟在他后面。

北极狐又走了一会儿，突然止住了脚步，把身子半蹲了下来，黑色的鼻头不停打量着雪面并加快了闻嗅的速度。几秒钟之后，它停止了一切动作，眼睛直勾勾地看着雪面，好像时间停止了一样。突然，北极狐一跃而起，把自己整个身子垂直地高高抛向空中。当他马上落地的那一刻，他在空中调整了姿态，把整个身子倒立过来，黑色的鼻头瞄准地面的白雪一下子就扎了进去。北极狐的半个身子顺势插入雪中，只露出还在空中蹬踏的后腿和不停摆动的毛茸茸的大尾巴。北极狐的后半个身子有力地扭动了几下，就在后腿落地的一刹那，北极狐的头从雪里钻了出来，嘴里叼着一只灰色的奄奄一息的北极鼠。

卡本明白了，原来北极狐正在捕猎。北极狐并没有把那只灰鼠吞进去，而是用嘴叼着它迅速奔跑了起来，一边跑一边快速抖掉粘在身上的白雪。卡本觉得此时还不是一个询问的好时机，决定继续跟在北极狐的后面。

卡本跟着北极狐爬上了一个雪坡。在雪坡的另一侧是一小片树林，树木不多且零散排列着。每一棵树都被白雪包裹得严严实实，除了形状相似外，完全看不到一点植物应有的样子。此时，北极狐已经冲下雪坡跑向一棵较粗壮的大树。卡本发现，那棵大树的根部有几块从雪里突出来的大石头，围成了一个天然的洞穴。还没等北极狐跑到洞穴口，就有两只小北极狐欢叫、厮打着从洞穴里跑了出来。这两只小北极狐还没有大北极狐身体的三分之一大。

大北极狐把含在嘴里的北极鼠甩到洞穴口，两只小北极狐立刻开始争抢并分享起这只猎物。大北极狐趴在旁边的雪地上，先是用舌头舔了舔自己的前掌，然后把整个身体蜷缩起来，黑鼻头也放在了自己毛茸茸的尾巴上，用眼睛认真地望着那两只正在享用北极鼠的小北极狐。大北极狐很悲伤地说：“孩子们，我今天只找到这一点食物，你们肯定吃不饱。明天我再争取多找些。现在食物太少，也太难找了，很多以前生活在南边的动物都跑到北极来生活，我们的食物都被他们抢走了。”

说完后，北极狐就半睁着眼睛，进入了休息状态。小北极狐们并没有理会这番话，还是一声不吭、专心致志地享受着眼前的食物。小北极狐虽然不在意这番话，但是卡本把每一个字都记在了心里。卡本明白，北极狐所说的动物从南向北迁这种行为，就像那天他遇到的天鹅所作出的选择一样，都是由于气候变化引起的。想到这里，卡本恨不得马上就能找到陨石。可是此时卡本不忍心再去打扰那只疲惫不堪的北极狐，再向他询问有关陨石的下落，卡本决定还是自己继续寻找。

卡本又回到了刚才经过的雪坡上。这里地势较高，视野广阔。卡本向四处打量，寻找着向某个方向出发的理由。看了半天，卡本还是理不出头绪，他内心纠结着要不要再回去打扰北极狐，眼睛不自觉地又瞟向正在休息的北极狐。正当他准备放弃这个想法的时候，突然发现北极狐休息的那片小树林另外一侧的雪地上，有一道又细又长的沟壑，这条沟壑一直延伸到另外一个雪坡的后面卡本看不见的地方。卡本感觉这条沟壑应该是形成不久，在那片雪地上一定发生了什么事情。

“会不会是陨石降落在那里呢？”卡本问自己。卡本在心中默默地和北极狐告别后，便向那条沟壑飞了过去。卡本来到跟前，才发现沟壑的起点更像是一个很深的圆坑，不仅地面上原有的白雪已经完全消失，就连雪面下的冰做的大陆也被刨去了一大块。

卡本从这个圆坑沿着沟壑延伸的方向望去，沟壑变得越来越浅也越来越窄。“黑石头。”卡本自言自语着。卡本看见在沟壑的终点有一块半米高的黑石头。看上去至少还有三分之一被埋在雪中。黑石头上一点白雪也没有，在这个银装素裹的白色世界里显得很突兀，一看就知道他是刚刚来到这里的。卡本迅速飞到黑石头前仔细观察起来。

黑石头的表面黑黑的、有些粗糙，而且没有什么光泽，就

像是人类烧烤时所用的木炭一样。从整体看，这个黑石头并不是很完整或是说很圆润，不是这个地方缺失了，就是那个地方突出了，形状极不规则。卡本盯着黑石头看了一会儿，渐渐意识到，这一定就是他一直在努力寻找的陨石。那条沟壑应该是陨石从天而降，落到地面时冲击出来的痕迹。虽然还没有得到确认，但此时卡本已经十分肯定自己的判断。他高兴极了，没想到在这荒芜的世界里，不经意间或是说在北极狐的引导下，他竟然找到了陨石。

卡本有些迫不及待地飞过去，对陨石说："你好，我是卡本，我终于找到你了。"

陨石好像对卡本很熟悉似的，微笑着说："我来到地球已经几天几夜了，你也围着我转了几天几夜，你终于开口说话了。"

卡本听到陨石的回答后感到有些诧异。卡本明明刚来到这里，为什么陨石对卡本说他已经围着陨石转了几天几夜？卡本猜想可能陨石刚到地球，对地球上的时间还没有完全适应。卡本并没有纠结在这个时间问题上，还有好多更重要的事情问陨石呢。

"陨石，你为什么来到地球啊？"卡本问。

陨石听后，用一种长者的口气对卡本说："你都不知道我为什么来地球，那你为什么还要找我呢？"

卡本问完之后，也意识到自己的言语可能有些矛盾，就忙解释说："我的一个朋友老榕树告诉我，你可能知道地球发生的事情，所以我来找你。但我想你来地球的目的肯定不是为了回答我的问题，所以我就很好奇你为什么来到地球上。"

"刚才故意为难一下你。我来到地球是因为我是地球的信使，我来给地球送信。"

陨石的回答让卡本感觉到他一定知道好多关于地球的事情，不然的话怎么做信使。

卡本问："送信？送什么信？"

陨石刚想回答卡本这个问题，但又停住了，说："回答你这个问题之前，你能告诉我你对我了解有多少吗？"

这个问题还真问住了卡本。卡本对陨石的了解还都停留在老榕树极其简单的描述上。卡本有些难为情地摇了摇头，微笑着略有一些调皮地说："我知道的是，你一定知道很多我不知道的。"

卡本的回答倒是缓解了一些尴尬的气氛。陨石笑着说："哈哈，看来你对我也不是很了解，我也不难为你了，那就让我好好和你讲一讲吧。”

卡本如释重负，竖起耳朵准备把陨石接下来所说的每一个字都牢牢记住。陨石清了清嗓子，一丝不苟地讲了起来。

“我们很多陨石已经在宇宙中生活了 46 亿年，和地球有着一样的年龄。可是，你知道为什么在地球上却找不到有着同样年龄的岩石吗？”

卡本摇了摇头。

陨石继续说：“地球形成之后，由于表面不断遭受行星撞击，加上地球本身又发生了板块运动，大洋、大陆板块相互碰撞俯冲，加上长久的风化作用，所以地球上最初形成的可以代表其年龄的石头都已经消失了。现在地球上能找到的最老的石头也就只有 40 亿年左右的年龄。而我们陨石漂流在宇宙空间中，不受那些作用，能够保存一些包括地球在内的所有星球形成时的原始信息。我们时不时地飞往各个星球送信。你看我，我就是众多地球信使中的一员。”

卡本插了一句：“到地球来是最幸运的，因为地球是所有星球里最美丽的。”

陨石摇了摇头说：“你说的没错，但是……到地球送信的过程是最艰辛的。因为地球有大气层，我们的飞行速度很快，我们和大气层不停地摩擦、撞击，燃烧成火球，在这个过程中很多陨石都牺牲变成了灰烬。就拿我来说，在进入大气层之前，我的体重有上百吨，现在只剩下几十斤了，我已经算是很幸运了。不过这一切都值得，人类因为发现了我们，根据我们所携带的信息能推算出地球形成的年龄和其他的一些宇宙形成时的原始信息。可惜并不是每一颗陨石来到地球后都能被人类找到，如果像我一样降落到这人烟罕至的北极，就很难被人们发现。”

卡本说：“我真是佩服你们的勇气啊！那你们每个陨石信使所携带的信息都是一样的吗？”

陨石笑了笑说：“当然不一样啊，我们每种陨石送的信息都不一样。我是来到地球上数量最少的一种，人类给我起名为‘碳质球粒陨石’。可能是因为我们长得像炭吧。我携带了大量太阳系成分的信息，还有原始生命、原始水分的信息。人类对我们一直在做研究，但是人类目前的认知水平，还不能破译我们送来的

卡本的小贴士

碳质球粒陨石

碳质球粒陨石只占已知陨石的约5%。它的主要成分是硅酸盐、氧化物及硫化物，其一大特征是具有橄榄石和蛇纹石这两种矿物。它拥有具挥发性的有机化学物质和水，因此自形成后，没有遭受过严重的加热（高于200℃），被认为最能保存形成太阳系的太阳星云的成分。

全部信息啊。”

听到这里，卡本啧啧称奇，虽然他不能完全明白陨石所讲的那些科学名词，但他明白这个陨石知道很多地球上曾经发生的事情，但卡本更关心陨石是否知道地球上正在和将来要发生的事情，是否知道关于他们二氧化碳和气候变化的事情。

卡本问：“我想你也应该很了解现在的地球吧，那你知道地球气候变化的事情吗？”

陨石听到卡本的问题后笑了笑说：“我已经在太空中静静地观察了地球 46 亿年，不敢说全都了解，但也略知一二。”

卡本听到肯定的回复后喜出望外，继续问：

“那太好了，我正好有问题想请教你。这也正是我不远万里来找你的目的。我想知道我们二氧化碳在大气中的使命到底是什么？是要维持温室效应吗？地球上所经历的全球变暖和气候变化真的是我们二氧化碳引起的吗？大气中增加的二氧化碳是人类的工业活动造成的吗？人类已经意识到气候变化的问题，正在为保护地球做着各方面的努力，譬如减排二氧化碳，那么地球上的气候会好转吗？什么时候才会好转？人类和我们二氧化碳还需要做些什么吗？”

卡本几乎用一口气把憋了许久的问题一下子都吐给了陨石。陨石听到后并没有马上回答卡本，而是忍不住笑了起来。陨石一边笑一边说：“卡本，虽然我不敢肯定，但我猜你一定是在人类统治的世界里待了很长时间，因为你正在用人类的思考方式问着人类想得到答案，而不是你二氧化碳应该去思考的问题。”

陨石摇了一下头马上接着说：“难怪连人类都会自嘲说‘人类一思考，上帝就发笑’。”

陨石说完后，卡本开始迅速地回忆自打苏醒后所经历的一切，突然觉得陨石说的话有些道理。卡本确实都一直在直接或间接地和人类接触。就拿教给他很多知识的老榕树来说，老榕树教给卡本的一切知识也是每天耳濡目染从人类那里学来的。

卡本有点懵住了，有些怯生生地说：“那人类的思考方式有什么问题吗？”

陨石笑着对卡本说：“别紧张，卡本。人类的思考方式没有对与错的问题，只是有主动与被动的问题。人类认为他们是世界唯一的主宰者，他们的活动影响着世界的变化。但是，卡本，你有没有试着想过，也许气候变化也是一种主动行为。就像人类破坏环境一样，气候变化要故意影响人类的生活呢？”

听陨石说到这里，卡本把眉头皱得更紧了，好像完全没理解陨石在说什么。

陨石看出了卡本的困惑，解释道：“你刚才提到人类在为保护地球做努力。可是你也知道，早在人类出现之前地球就已经存在了，而且是 46 亿年之久，人类的历史也不过几十万年。一个只有几十万年生命的人类如何保护 46 亿年的地球呢？远在人类这种高级生物出现之前，就已经有了很多种其他生物了。大约在 3 亿年前，地球经过不断演化后，终于形成了一个适合物种生存的环境，也因此迎来了地球上的生物大爆发和后来的恐龙时代。恐龙在地球上生活了近两亿年，比人类现在的历史长很多，可最后还是消失得无影无踪。物种的出现和消失，在地球上从来就没有停止过，可地球始终围绕着太阳悠闲自得地转动着。即使大气中的二氧化碳含量达到让人类窒息的水平，难道地球就会毁灭吗？你觉得地球需要人类的保护，或者说人类有能力保护地球吗？”

卡本被陨石所说的话，和陨石的想法惊到了，因为他从没有像陨石这样去思考过。

卡本说：“你的意思是人类所做的一切都无法保护地球？不对……你是说地球不需要人类的保护？”

陨石又笑了笑说：“其实地球上最需要保护的是人类。人类是地球上最聪明的生物，最强壮的生物，但同时也是最脆弱的生物。他们的生活方式严重依赖他们所在的环境和气候。你有没有想过，气候变化其实是地球的一种语言，他是在和人类说：‘如果你们再继续破坏你们赖以生存的环境，你们自己就会遭受惩罚。’”

卡本听着陨石的解释，好像开始理解他的意思。

卡本说：“人类已经开始努力改变过去的那些破坏环境、过度消耗自然资源的行为，可为什么气候变化所引起的极端天气的情况却越来越加重呢？”

陨石说：“既然气候是地球的一种语言，他就有很多表达方式。不仅仅是人类会思考，地球也是会思考！风霜雨雪都是地球在试图和人类交流，说着不同的事情。虽然人类开始努力改变了，可是地球认为人类努力的力度还不够啊。所以地球只能通过更强有力的语言来提醒人类，必须要更快、更坚决地保护他们自己的家园，不要再花时间争论人类到底排了多少二氧化碳，气候变化到底是不是人类引起的等等这些问题。”

陨石讲到这里时，想把每一个问题都搞清楚的卡本打断了他的话，问道：“大气中增多的二氧化碳到底是不是人类排放的？有科学家说多出的二氧化碳都是火山喷发的。”

“卡本你又在像人类一样思考问题了。人类的那种相互推卸责任的方式真的影响了你。火山喷发的二氧化碳还不到现在人类燃烧化石能源所排放二氧化碳的1%。地球上为什么会有化石燃料？地球演化了几十亿年，在内部储存了像煤和石油这样的能源，为的是让像人类这样的高等生物在进化他们文明的初期有能源可以使用。可是，人类的贪婪欲望没有止境，在科技高速发展的今天，还在大量攫取这种最原始最容易获得的能源。我在宇宙中看得很清楚，从人类的工业文明到现在的几百年来，所有科技发展方面速度最滞后的就是人类利用能源的方式。”

卡本补充说：“在利用能源方面，好像每个国家的发展速度也不一样。有的国家开始大规模利用不产生二氧化碳的可再生能源，有的国家主要利用石油和天然气这些产生较少二氧化碳的能源，而有的国家还在主要利用煤这种二氧化碳排放很多的能源。”

陨石说：“是的，你说的很对。人类历史发展中的各种因素，造成了现在这种利用能源不平衡的局面。”

卡本接着说：“好像国家之间还在争论现在谁有权排放更多的二氧化碳。陨石，你说那些曾经排放少的国家是不是现在最有权排放更多的二氧化碳啊？”

陨石叹了口气说：“我先用人类的思维方式回答你这个问题。如果一个国家曾经落后，但现在已经强大了，那为什么还不开发新能源，还要争取做能源使用方面的落后者呢？那这个国家何时才能真正发达起来呢？我再用地球的思维方式回答你这个问题。虽然气候变化的语言是说给全球听的，但是哪个区域环境破坏的越严重，哪个地区听到的地球的警告声也就越响。从太空中你可以看得很清楚，那些大量用煤的国家上空，总是笼罩着一层雾霾。人类的生存也会因此受到威胁的。”

卡本问：“陨石，那气候变化到底什么时候能够好转啊！”

陨石再次用语重心长的语气说：“人类中有位智者曾经说过‘这世界上有两样东西是无穷的：一个是宇宙，一个就是人类的愚蠢。’这位智者说的很对，宇宙是无穷的，宇宙中有几千万亿亿个星星，人类一辈子数也数不完。人类的愚蠢也从没停止过，各种各样愚蠢的事情层出不穷，但人类的聪明才智往往能够帮助他们及时发现愚蠢的存在，并改正它。可是人类在破坏生存环境这件愚蠢的事情上，好像就从来没有犹豫过。地球当然知道，如果人类再继续毫无保留地挖掘地下的能源，并把它们变成二氧化碳排到大气中，后果是不可想象的。所以气候变化在不停加剧，在不断提醒人类到了做彻底改变的时候了。卡本，你现在明白了吗？”

卡本没有回答陨石的问话，因为他根本没有注意到陨石在问他。刚刚陨石前前后后的一番言辞，让卡本彻底从过去的思维模式中跳了出来，让他明白了人类与地球之间到底发生了什么事情。卡本感叹自己一直都在玻璃盒子中撞来撞去，从来不明白这个盒子中真正发生了什么。卡本呆呆地僵在空中，还没有完全缓过神来。

“卡本……卡本……你在想什么呢？”陨石的一声声轻轻的呼唤把卡本从对过去的回忆中拉了回来。

卡本定了一下神儿说：“陨石，我现在明白了。听你这么一说，才知道地球比人类还要有智慧啊。”

“是啊，人类认为他们可以改变地球，其实只能改变地球表面他们自己的生存家园而已。不过地球再有智慧，也只是整个宇宙中的一粒尘埃。最有智慧的是整个宇宙啊。卡本，我有个问题要问你：你为什么这么关心气候变化的事情？”

陨石问完后，卡本详细地把他如何从一块煤变成二氧化碳，如何知道气候变化，如何乘船到达太平洋中的小岛，如何看到气候变化的影响，又如何跋山涉水来到北极这些事都告诉了陨石。

卡本讲完后，陨石大笑了起来，一边笑还一边断断续续地说：“卡本你自己还没搞清楚你自己的状况吧？你身体没有旅行，是你的思想一直在旅行！”

卡本本来还没有彻底消化刚才陨石所讲的地球和人类的关系呢，陨石的这句话更是让卡本不知所云了，甚至感到有些惊恐，说："陨石，你说什么，身体……思想…… 旅行，你吓到我了。"

陨石收敛了一些笑声说："卡本，你认为现在和我对话的你，还是当初从发电厂逃出来的二氧化碳吗？"

卡本不十分肯定地回答："应该不是了吧……经过这么多的事情，我已经学会了很多，不再是那个只想着完成任务的二氧化碳了。"

陨石听后摇了摇头说"我不是这个意思，看来你是真的不明白。你们二氧化气体分子，在常温下大概有 400 米 / 秒的运动速度，比声音的传播速度还快。可惜你们的运动是无规则的，你是无法控制方向的。"

"陨石，如果我不能控制方向，是怎么来到你面前的？"卡本疑惑地问。

陨石回答说："虽然你在大气中的含量很少，但是即使在一立方厘米空间内，你们二氧化碳也有亿亿个分子。你们二氧化碳随机不停的碰撞，产生了向任意方向运动的二氧化碳分子。虽然你不能控制某一个二氧化碳气体分子的方向，但是你把你的思想通过碰撞，有选择地从一个分子转移到另外一个分子上，这样就有了一个固定的方向。所以我说是你的思想在运动而不是你的身体，被你曾经赋予过思想的那些身体现在已经不知道运动到什么地方了。”

卡本被陨石描述的现实吓到了。他开始努力回忆整个旅行的过程。

卡本自言自语着：“难道那个在氨水中挣扎的二氧化碳分子并没有斗争成功，已经被氨水俘虏了？我，卡本，只不过在那一团上升的二氧化碳气体经过时，转移到了他们身上逃了出来。那个与老榕树对话、与牡蛎对话、与椰子树对话的卡本只不过是借助了围绕在他们周围的二氧化碳分子的身体。难怪我刚和陨石打招呼时，他说我已经围着他转了好几天。原来他降落到地面的那一刻，身边就已经有了二氧化碳分子了，而我的思想才刚刚旅行到这里……”

卡本突然意识到一个问题，就问陨石：“如果我不能控制身体，那我是怎么帮助红发卡熄灭那张被蜡烛点燃的图纸的？”

陨石笑答：“那只是个巧合，也许红发卡画蓝图的那张纸本身就是防火的、是燃烧不起来的。你不要感到奇怪，卡本，你不是唯一。你刚才提到的云碳、果碳等等也都是在像你一样传播着自己的思想。他们也没有意识到是如何运动的。正是因为你不了解你自己的这个能力，你的思维方式受到了局限，你的运动方式也受到了局限，你才选择了像人类一样的交通方式，和人类一起乘船坐车。其实你本可以学会控制你的思想，迅速到达地球上任何一个你想去的地方。”

卡本惊呆地望着陨石，怀疑自己是否真的有这样的能力，怯怯地问：“难道我真的可以这样吗？”

“当然了，只要你能够摒弃一切你曾经所学到的旅行方式，集中精神，把自己的思想沿着一定的方向，毫不犹豫地转移到这个方向的气体分子身上，你就可以做到。你现在就可以去试一试，我在这里等你回来。”

陨石的话让卡本感觉自己仿佛有了新的生命。他也迫不及待地想验证陨石说的自己是否能做到。但他不知道自己应该去哪里，所以准备先四处游走。卡本开始集中精力想着一个向南的方向，他似乎可以马上看到所有经过这个方向、运动中的二氧化碳分子，他尝试着把自己通过这些分子沿着这个方向传播下去。渐渐地，卡本已经离开了陨石。刚开始的时候，卡本的思想运动速度很快，他好像被困在四周都是照片的房间里，那些照片不停地变换，随着卡本运动速度的加快，房间变得越来越小，好像在压缩卡本，给卡本一种窒息的感觉。卡本马上放慢了速度，这时不断挤压他的墙壁不见了，迅速变化的照片也变成了流畅的画面。卡本可以很清楚地看见自己是在哪里，又要去向哪里。

卡本的思维开始自如地飞翔起来，可以瞬间轻松地飞到天空上任何一个地方，俯瞰这个五彩缤纷的星球，又可以刹那间降低高度穿梭在人群中体会人间的五味杂陈。这种能力对卡本来说太不可思议了，完全打破了他对自己的认识。卡本不停地训练着这种旅行方式，直到完全掌握了它。

训练了一阵子后，卡本决定是时候回去向陨石表示感谢了。他调整了一下方向，没过多久就又回到了陨石的身旁。一切都没变，但陨石的身上被缠绕了一个编织的很好看的红色绳子。

“陨石，我是卡本，我回来了，你身上怎么多了一根绳子？”

陨石没有马上回答卡本的问题，而是关心地问卡本：“看来你已经成功地重新认识了自己的能力。现在你可以想去哪就去哪了吧？”

卡本点了点头。陨石说：“你已经走了一天一夜。一位北极人找到了我，他在我的身上绑了一根红绳子，并跪在地上说了很多祈福的话。他希望我这颗流星可以保佑他的家人长寿安康。”

卡本说：“你能做得到吗？”

陨石只是笑了笑，并没有回答卡本。

陨石转移话题说：“你知道为什么人类认为只有人、动物、植物这些会呼吸的才算是有生命，而像你我这样的气体，还有石头等等是没有生命的？”

卡本觉得陨石的问题太深奥了，在他还没有弄清楚这位智者到底想要问什么的时候，陨石又接着说：“因为我们不会死亡，我们会转化成各种形式永远存在于这个浩瀚的宇宙中。”

陨石突然又转换了话题说：“呵呵，我刚才说得太沉重，不说了。既然人类已经发现我了，相信过几天就会有更多的人知道我在这里。他们会把我挪走，送进实验室。那时候我也就可以履行地球信使的责任了。”

当陨石说到这儿的时候，本来已经进入夜色的北极天空好像突然亮了起来。

“极光！” 陨石朝着天空说了一句。

“极光，我在太空中已经看了你几十亿年，我还是第一次在地球上看见你！”陨石好像是在描述刚刚遇见的一位老朋友。

陨石话语结束的一刹那，卡本也注意到天空中布满了极光。蓝绿色的光芒从皓月悬挂的地方撒向广袤的大地，可是还没来得及到达地面，这些光束就汇聚成了一条小河、一个湖泊，或是一片海洋横跨了整个天穹。他们不停地千变万化着自己神秘曼妙的姿态，时隐时现，时弱时强。有时让你感觉他们触手可及，有时又距你千里之外。他们就这样在天空中安静地摇曳着、舞蹈着。漫天的繁星和那一轮皓月在此时也都静静地在极光的身后侍立着。卡本和陨石就这样盯着异彩的极光，一句话也不说，一点声音也不发出，直到极光渐渐从天空中消失得无影无踪，星星、月亮重新夺回了舞台。

这时，陨石首先感叹了一句：“无论从哪里看，极光永远都是那么美啊！”

然后看着还仍然陶醉在极光无限之美中的卡本说：“卡本，

你打算下一步去哪儿呢？”

听到陨石的问话，卡本把随着极光飘走的思绪拉了回来。

“陨石，你问的正好，我也正想和你说呢。你已经给了我所有问题的答案，我也已经明白了我们二氧化碳与人类、地球的关系。我不需要再继续寻找什么了。我现在只想安静地观察这个世界，观察在未来的日子里人类和地球是如何交流的。三亿年前我曾作为一个二氧化碳，经过光合作用进入一棵银杏树里生活，那时我就非常喜欢在大树里安安静静瞭望当时的世界。现在我当然还想过那样的生活。不可思议的是，刚才我在旅行的过程中，竟然也看到了一棵高大的银杏树。没想到经过了三亿年，万千物种消失殆尽之后，银杏树依然坚强地繁衍生息。那棵银杏树让我想起了我古老的家。陨石，我要去那里，我要在那棵银杏树里继续生活下去。那里有我的快乐。”

陨石看着卡本，点了点头说：“看到你找到了快乐，真替你高兴。但你可要知道，一旦进入了大树，你就不是二氧化碳了，就失去旅行的能力了，也就不能随心所欲地游览这个世界了，你刚刚掌握的本领就再也用不上了。”

卡本会心地笑了一下说：“我已经不需要那些了。”

“那你怎么办呢？”卡本有些担心陨石的未来。

陨石说：“我在这里等着能够读懂我的人类，他们会找到我，把我送进实验室。然后我会化解成无数条信息飘荡在历史中，飘荡在宇宙中。这就是我的使命，我的快乐。不用担心我，快去追寻你的幸福吧。”

“不知道我们是否还能再相见，如果能见，又不知是何时，以何种形态。”卡本有些伤感地说。

陨石笑了起来，说：“我们当然会再见的。别忘了，我们是没有生命的，没有生命就意味着永存，我们不会消失，早晚会见到的。”

卡本会意地微笑着说：“那就再见吧。”

“一定再见，我还知道很多宇宙的秘密，下次见面和你讲。”

卡本并没有去追问陨石所说的更多的秘密是什么，也许他想把陨石所说的秘密当成对未来的期盼吧。卡本和陨石互道一声“再见”后，卡本开始了一路向南的飞翔。

CARBON 本是树中万年生，重回树中生万年

17 尘归尘，土归土

卡本并没有直接飞去那棵像极了他三亿年前老家的银杏树，而是先去寻找所有曾帮助他认识这个世界的朋友们：老榕树、云碳、牡蛎、观测站、小伙子、红发卡、果碳，等等。

有时他会把从陨石那里了解到的知识讲述给他们，有时他会安安静静地看着那些他无法用语言交流的人类朋友做着自己喜爱的事情。卡本还跑去找到那些他这一路曾经遇到过的、处在迷失状态中的的二氧化碳，给他们讲述人类、二氧化碳与地球三者之间的关系。总而言之，卡本把他苏醒后见到过的世界又好好游历了一番，然后才安心地去寻找那棵银杏树了。

卡本本可以用他新学到的方法迅速来到那棵银杏树旁，但他还是选择了用他曾经熟悉的像人类旅游一样的方式来到银杏树所在的地方。这棵银杏树生长在被崇山峻岭环抱的庙宇之间，庙宇周围的险峰靓石与滔滔林海交相辉映。

在庙宇所在的山上，有一块拔地而起的巨大的淡黄色花岗岩峭壁上醒目地刻着“道德”两个红字。周围浓郁的绿色巧妙地装饰着这块花岗岩，好像给岩石和两个红字赋予了生命，并让他们更加突出和醒目，即使卡本在空中远远望去，那两个字也依然清晰可见。已经深谙人类语言的卡本，当然明白这两个字的含义。不知为什么，当他看到这两个字的时候，总能立刻想起陨石所讲的那些道理。

卡本沿着山路，来到庙宇的门前。这是一个打通在红墙灰瓦砌成的古朴房子中间的椭圆形拱门。拱门前镇守着两座石狮，拱门上方用蓝底金漆刻着“龙泉寺”三个字。

卡本穿过拱门，首先看到的就是一座石桥，石桥上石板间深深的缝隙和石板光滑圆润的表面记录着岁月的痕迹。石桥上穿行着身披袈裟的僧人和前来祈福的信徒。那棵银杏树就生长在石桥的另一端，他和石桥一样都有着千年的历史。千年的风霜雨雪并没有打扰这棵十几米高银杏树的生长，反倒让他更加枝繁叶茂、冠大荫浓。卡本望着这棵银杏树，盯着那些在阳光中微微抖动的略有些发黄的扇形树叶，心里想这就是他的老家了。

卡本看得见这棵银杏树还在强有力地进行着呼吸作用，二氧化碳和氧气在树叶间一进一出，十分忙碌。卡本没有再使用它那

龍泉寺

标志性的“你好，我是卡本”的短句和银杏树打招呼，因为他再不需要了，他立刻就要变成银杏树的一部分。

卡本又回头看了看身后的石桥，突然笑了。他不明白自己为什么又要看一眼，他马上就可以进入银杏树日日夜夜地守望在石桥旁了。卡本成为了一个被吸入银杏树叶里的二氧化碳，就在一刹那，感觉自己被迅速地吸入叶片中，与水分子缠绕在一起，叶绿素释放的一股强有力的能量把他分解又聚合。

就这样，卡本已经不再是二氧化碳了，又回到了三亿年前的他，一股生活在树中的能量。

在袅袅青烟中，他品味着檀香的芬芳，低首可拂石桥的灰尘，远眺可见“道德”的警示，看日出日落，察气象万千。卡本新的生命，新的生活开始了，但是他永远记得自己的名字是卡本，他永远不会消失，他要在这里见证人类现在和将来是如何发展“人与碳”之间的关系。

卡本的小贴士

银杏

银杏出现在几亿年前，是第四纪冰川运动后遗留下来的裸子植物中最古老的孑遗植物，现存活在世的银杏稀少而分散，所以银杏又有活化石的美称。

银杏树因其果实（俗称白果）而又得名白果树。银杏树生长较慢，寿命极长，自然条件下从栽种到结果要20多年，大量结果要40年后，因此又称它为“公孙树”，有“爷爷种植而其孙得食”的含义，是树中的老寿星。

小贴士索引

本书对应科普知识一览表

章别	名称	科普知识
1	卡本的苏醒	碳原子如何在宇宙中诞生，碳原子怎样来到地球，又如何变成二氧化碳和煤这种碳含量很高的传统化石能源
2	再次飞翔	人类是如何进行碳捕捉与封存活动的
3	了解人类的世界	三亿年前的气候和当今做比较
4	大气层里寻云碳	温室气体和温室效应的基本关系
5	误会卡本的牡蛎	二氧化碳在地球上的分布
6	与海洋科考船同行	二氧化碳和海水的关系、风力发电
7	二氧化碳观测站	人类是如何测量当下空气中的二氧化碳，又是如何估算过去40万年的二氧化碳含量

章别	名称	科普知识
8	小伙子的一段视频	气候变化对人类生产生活的影响
9	碳交易研讨会	碳交易和碳税的差别
10	红发卡与她的“零能源”建筑	人类对可再生能源的开发和利用
11	飓风来袭	碳足迹的概念
12	银色勋章	进行减缓气候变化行动的国际组织
13	果碳讲故事	人类利用二氧化碳的新方法
14	再会，老牡蛎	气候变化对其他一些动植物的影响
15	老榕树的新问题	
16	四十六亿年的观察	
17	尘归尘，土归土	我与气候变化：引发每个人的深思

低碳生活常识

低碳生活，是一种减少二氧化碳排放，低能量、低消耗、低开支的生活方式。在日常生活中实现低碳目标，减少对大气的污染，可减缓生态环境恶化。主要做法是从节水、节电、节气和回收等环节改变生活细节。

这股低碳生活的绿色风潮代表着更健康、更自然、更安全，体现了一种全新的人与自然的关系。同时，如何应对气候变化已不再只是政府官员、专家学者和少数环保主义者关心的问题，而是与我们每个人都息息相关。

衣

1. 多选用棉质、亚麻和丝绸等天然材料的衣服，不仅环保、时尚，而且优雅、耐穿。

2. 在衣服生产过程中，浅色衣服比深色衣服受到污染的机会少，更环保。

3. 少买不必要的衣服。在保证生活需要的前提下，每人每年少买一件不必要的衣服可节能约 2.5 千克标准煤，相应减排二氧化碳 6.4 千克。

4. 尽量减少丢弃衣服，可以 DIY 形式翻新旧衣或将衣物转赠需要的人。

5. 要洗的衣物尽量攒一定量再用洗衣机，洗衣机载满再用，可减少耗电量。

6. 选用节能洗衣机，不但可节电五成、节水六成，而且每年还可减排二氧化碳。

7. 用洗衣机洗衣物时使用强档比弱档省电，且可延长洗衣机寿命。

8. 少使用洗衣机脱水，多选择在阳光下晾晒衣物，既可消毒杀菌，又能减少 90% 的二氧化碳排放量；如果着急穿用，则以脱水 1-3 分钟为宜。

食

1. 多选购未经加工及本地生产的新鲜食材与食品，既可减少农药和肥料的毒害，又可减少长途运输耗用的能源和产生的污染。

2. 根据联合国粮农组织的数据，畜牧业产生的二氧化碳排放占人为温室气体排放总量的 14.5%。建议食物中多菜少肉，如果一餐吃素而不吃肉，可减少二氧化碳排放。

3. 少用一次性筷子。中国每年生产 800 亿双一次性筷子，减少森林蓄积 200 万立方米。养成随身携带环保筷的习惯，少使用 1 万双一次性筷子，可减排二氧化碳 3.7 千克。

4. 在家用餐，要按食量预备食物份量；在外就餐要按自己的饭量取食，以免量多浪费。

5. 做饭时应尽量避免抽油烟机长时间空转，每天减少空转10分钟，1年可减少二氧化碳排放11.7千克。

6. 选用节能电饭锅对食品加热，比普通电饭锅省电约20%，每锅每年可减排二氧化碳8.65千克。

7. 少喝瓶装水，自备1个水杯，重复使用20次，可减排二氧化碳500克。

住

1. 采用高品质节能灯代替白炽灯泡，可减少耗电量，提高照明效果。以11瓦节能灯代替60瓦白炽灯、每天照明4小时计算，1支节能灯每年可减排二氧化碳68.6千克。

2. 如果长时间不用电灯照明，要养成随手关灯的好习惯。

3. 存储食物量以占据冰箱80%左右的空间为宜，食物多或少，都会费电。剩菜冷却后，用保鲜膜包好再送进冰箱，因为热气不仅增加冰箱做功，还会结霜，双重费电。

4. 选用节能空调并善用空调。一台节能空调比普通空调每小时少耗电 0.24 度，按全年使用 100 小时的保守估计，可节电 24 度，相应减排二氧化碳 23 千克。空调耗电量较大，设定温度越低，消耗能源越多。空调启动瞬间电流较大，频繁开关十分费电，且易损坏压缩机。晚上睡觉不宜一直开空调，定时开关空调既能大幅度省电，又能减少二氧化碳排放。建议在气温高于 26 摄氏度时再使用空调，实验证明将空调定在 26 摄氏度最适宜也最省电。如果每台空调每年节电 5 度，可相应减排二氧化碳 4.8 千克。同时，提倡在炎热季节多使用电风扇。

5. 冷冻食品要预先从冰箱中拿出来自然解冻，再使用微波炉。使用微波炉要尽可能使用“高火”。

6. 减少使用电脑的时间。短时间不用电脑时，启用电脑的“睡眠”模式，能耗可下降到 60% 以下；显示器亮度使用时可适当调低；合理选择关机方式：需要立即恢复时采用“待机”、电池运用选“睡眠”、长时间不用选“关机”。午休和下班后关掉电脑电源。不用电脑时以待机代替屏幕保护，每台台式机每年可减排二氧化碳 6 千克。

7. 每天少开半小时电视，每台电视机每年可减排二氧化碳

19.2千克。

8. 尽量不使用浴缸浸浴，可多用淋浴，时间控制在10分钟以内为宜；适当将淋浴温度调低1度，每人每次淋浴可相应减排二氧化碳35克；采用省水莲蓬头，每年可减少二氧化碳排放340千克。

9. 使用节水龙头，每户每年可因此减排二氧化碳24.8千克。

10. 每年全球要消耗超过5000亿个塑料袋，其中只有不到3%可回收。塑料袋一般由聚乙烯制成，很难降解，降解时易产生温室气体。因此，出外购物前，可自备购物布袋。

11. 尽量少用一次性牙刷、一次性塑料袋、一次性水杯等，因为制造它们所使用的石油也是一次性、不可再生的。

行

1. 现代交通工具产生的二氧化碳排放量占温室气体排放量的30%以上，因此，建议出行尽量选用公共交通（公交车、地铁等），或步行，或骑自行车代步。

2. 开车出门要有路线计划；长时间堵车或停车等人要熄火。

3. 少坐飞机，飞机从停机坪上升到空中所排出的二氧化碳等于3600辆汽车的排放量。

4. 旅游时，请自带洗漱用品，并减少更换被褥的需要，因为酒店每次回收的毛巾、被单、床铺都需要用大量的水和清洁剂来清洗，会造成水质污染；一次性洗漱用品在经历回收、再造的过程中产生的废物及废料，则需要地球好几十年才能氧化掉。

另外，注意在日常生活中要少用纸巾，重拾手帕，也能保护森林。在日常办公中，每张纸双面打印、双面使用，可相当于保留下原本将被砍掉的部分森林。

●碳补偿或碳抵消

与人类复杂的碳捕捉(CCS)技术相媲美的是树木本身这个二氧化碳的“捕捉”能手，通过植树（也可委托国家认可的基金会），对自己曾经产生的碳排放进行一定程度的抵消或补偿。

例如，一棵冷杉30年能吸收111千克二氧化碳，平均每年吸收4公斤左右；而一棵成年沙棘树每年可吸收1.66千克二氧化碳。另请参考本书第171页“卡本的小贴士”。

我是碳

图书在版编目（CIP）数据

我是碳 / 邱林著；张艺深插图．-- 北京：九州出版社，2015.9
ISBN 978-7-5108-3943-6

Ⅰ．①我… Ⅱ．①邱… ②张… Ⅲ．①长篇小说－中国－当代 Ⅳ．①I247.5

中国版本图书馆 CIP 数据核字 (2015) 第 225718 号

我是碳

作　　者	邱　林　著　　　张艺深　陆丽娜　插图
出版发行	九州出版社
出 版 人	黄宪华
地　　址	北京市西城区阜外大街甲 35 号（100037）
发行电话	（010）68992190/3/5/6
网　　址	www.jiuzhoupress.com
电子信箱	jiuzhou@jiuzhoupress.com
印　　刷	北京中科印刷有限公司
开　　本	880 毫米 × 1230 毫米　32 开
印　　张	9.5
字　　数	128 千字
版　　次	2015 年 12 月第 1 版
印　　次	2015 年 12 月第 1 次印刷
书　　号	ISBN　978-7-5108-3943-6
定　　价	38.00 元